了不起的飞猫

献给我曾经爱过的所有猫咪。

——厄休拉·勒古恩

献给波波、毛球和菲菲，我的猫咪模特们。

——S.D.辛德勒

了不起的飞猫

〔美〕厄休拉·勒古恩 著　〔美〕S.D.辛德勒 绘

朱 墨 译

贵州出版集团

贵州人民出版社

版权合同登记号 图字：22-2020-069

图书在版编目（ＣＩＰ）数据

了不起的飞猫 / （美）厄休拉·勒古恩著 ；（美）
S. D. 辛德勒绘 ；朱墨译. -- 贵阳 ：贵州人民出版社，
2024. 11. -- ISBN 978-7-221-18723-9

Ⅰ. Ⅰ712. 85

中国国家版本馆CIP数据核字第2024V30Z90号

LIAO BUQI DE FEIMAO
了不起的飞猫

[美] 厄休拉·勒古恩 著 [美] S.D. 辛德勒 绘 朱 墨 译

出 版 人 朱文迅 策 划 蒲公英童书馆
责任编辑 贺文平 装帧设计 王学元 责任印制 郑海鸥

出版发行 贵州出版集团 贵州人民出版社
地 址 贵阳市观山湖区中天会展城会展东路SOHO公寓A座（010-85805785 编辑部）
印 刷 鸿博昊天科技有限公司（010-87563716）
版 次 2024年11月第1版
印 次 2024年11月第1次印刷
开 本 889毫米×1260毫米 1/32
印 张 5.875
字 数 80千字
书 号 ISBN 978-7-221-18723-9
定 价 34.50元

如发现图书印装质量问题，请与印刷厂联系调换；版权所有，翻版必究；未经许可，不得转载。
质量监督电话 010-85805785-8015

目录

飞 猫

1

简·花猫太太自己也没法儿解释，为什么她的四个孩子全都长着翅膀。

"依我看，他们的父亲一定是个趁夜而来的飞贼[1]。"一位邻居蹑手蹑脚地从垃圾桶旁经过，一边说着，一边不怀好意地笑了起来。

"他们之所以会有翅膀，也许是因为在他们出生之前，我曾经梦见自己远走高飞，离开这个街区。"花猫太太说道，"特尔玛，你的脸弄脏了，快去洗洗。罗杰，不要再打詹姆斯了。哈丽雅特，你轻声撒娇的时候，应该半闭着眼睛，然后用你的前爪揉揉我——对了，就是这样。孩子们，今天早上的牛奶味道怎么样？"

---

1 原文为"fly-by-night"，意指唯利是图、不讲信用之人，乃一语双关。——译者注，后同。

　　"牛奶很不错，谢谢您，妈妈。"他们高兴地回答说。他们都是漂亮的孩子，也很有教养。可花猫太太暗地里还是替他们感到担忧。这里的确是一个可怕的街区，而且情势每况愈下。小汽车和大卡车的轮子整日整夜地碾过这里，垃圾和废弃的杂物，饥肠辘辘的狗儿，还有一双双皮鞋和长靴没完没了地或走或跑，或踩或踢——没有一处风平浪静的地方，就连食物也日渐匮乏。大多数麻雀都已经离开这儿了。大老鼠凶狠又危

险；小耗子倒是见人就跑，可也瘦得皮包骨头。

所以说，孩子们的翅膀反而成了花猫太太最不担心的事情。她每天都会给他们梳洗那些像丝绸一样柔顺发亮的羽翼，连同他们的下巴、脚爪还有尾巴，也时不时地替他们感到纳闷。可是她含辛茹苦地寻找食物、哺育家人，也没有多少工夫去琢磨那些她并不理解的东西。

然而有一次，一条大狗撵着幼小的哈丽雅特，把她逼到了垃圾桶背后的墙角，张开血盆大口，露出白色的獠牙，猛地朝她扑了过去。伴随着绝望的"喵"的一声，只见哈丽雅特笔直地飞到了空中，从目瞪口呆的大狗头上越过，随后落在了一个屋顶上——花猫太太顿时就明白了。

那条狗夹着尾巴，低吼着跑开了。

"哈丽雅特，你现在可以下来了。"她的母亲呼唤道，"孩子们，都到这里来。"

他们都回到了垃圾桶旁。哈丽雅特仍在瑟瑟发抖。其他人都对她柔声安慰，直到她平静下来。接着，花猫太太说："孩子们，在你们出生之前我做过一个梦，此刻我明白那是什么意思了。这里并不是一个适合成长的好地方，而你们拥有能够飞离这儿的翅膀。我希望你们飞走。我知道你们一直在练习。昨天夜里，我瞧见詹姆斯飞过了这条小巷——对，还有罗杰，我也见过你做的那些俯冲动作。我觉得你们已经做好了准备。我要你们美美地吃上一顿，然后远走高飞——越远越好。"

"可是妈妈——"特尔玛低声说，忽然间泪如雨下。

"我不能离开，"花猫太太轻声地说，"我在这里还有未尽的事情。汤姆·琼斯先生昨晚向我求婚了，我也打算接受他。我可不想你们这些小家伙围在我脚边转！"

所有孩子都流下了眼泪，但他们也知道，在猫的家庭里，他们必须这么做。他们同样也感到自豪，因为他们的母亲相信他们能够照顾好自己。于是他们一块儿在被狗撞翻的垃圾桶里享用了一顿美餐。吃完饭，特尔玛、罗杰、詹姆斯和哈丽雅特同他们亲爱的妈妈轻声道别，然后一个接着一个展开了翅膀，飞上天空，在小巷的上方盘旋，越过一个个屋顶，渐渐远去。

花猫太太注视着他们，心里充满了担忧与自豪。

"他们真是非同一般的孩子，简。"琼斯先生用他那温柔又深沉的嗓音说道。

"汤姆，咱俩的孩子也会不同凡响的。"花猫太太说。

2

特尔玛、罗杰、詹姆斯和哈丽雅特一直飞呀飞呀，在他们身下所能见到的，只有绵延数英里的城市街道和房屋屋顶。

一只鸽子扑腾上来，加入了他们的行列。鸽子同他们结伴飞行，用又小又圆的红色眼睛局促不安地打量着他们。"你们到底是什么鸟？"鸽子终于问道。

"旅行途中的鸽子。"詹姆斯不假思索地回答说。

哈丽雅特"喵"地大笑起来。

鸽子在空中跳跃腾挪，直盯着她看，随后转身划过一道急遽的曲线，俯冲着离开了他们。

"但愿我也能像他那样飞行！"罗杰说。

"鸽子真的很蠢。"詹姆斯小声地嘀咕道。

"我的翅膀已经有点儿疼了……"罗杰说。特尔玛接过了话茬："我的翅膀也一样。咱们找个地方降落，歇一歇吧。"

小哈丽雅特已经朝着一座教堂的尖塔一头扎了下去。

他们趴在教堂的房顶上，从屋檐的排水沟里啜饮。

  "全世界都在我的脚下！[1]"哈丽雅特坐在一个尖顶上，放声歌唱。

  "那里看起来不太一样，"特尔玛努了努鼻子，指着西边说道，"看上去更加柔软。"

  他们全都聚精会神地向着西边望去，可是猫儿没有办法看清楚远处的东西。

  "好吧，如果那里真的不一样，我们就过去瞧瞧呗。"詹姆斯说。于是，他们再次启航。

---

1 原文是"sitting in the catbird seat"，本意为"胜券在握"，而"catbird"
 又影射了本书中的飞猫，系一语双关，为便于读者理解，此处稍作变通。

他们没法像鸽子那样毫不费力而又不知疲倦地飞行。花猫太太总是确保他们能够好好进食，他们也都长得胖乎乎的，因此不得不拼命地扇动翅膀，才能在空中担负自己的重量。他们学会了滑翔，让风儿托起自己的身体，而不是一味地振翅。但哈丽雅特觉得滑翔是件困难的事情，她总是摇晃得非常厉害。

约莫又过了一个钟头，他们落在了一座巨大的工厂的房顶，尽管那个地方的空气闻起来糟糕透了，可他们还是精疲力竭地在毛绒堆里睡了一小会儿。临近黄昏的时候，他们饥肠辘辘——没

有什么事情能像展翅翱翔那样让他们胃口大开，可醒来以后他们只能继续飞行。

太阳落山了。城市里华灯初上，灯火在他们身下连缀成许多长长的线，又首尾相衔地延伸向黑魆魆的远方。他们朝着那片漆黑飞去，直到最后四周和脚下都归于幽暗，只有山丘上还闪烁着一盏孤灯。他们缓缓地从天而降，终于回到了地面上。

一块松软的地面——一块奇怪的地面！他们先前唯一所知的，只有砖石、柏油或是水泥铺成的地面。尘土、泥壤、枯叶、青草、细小的树枝、蘑菇还有蠕虫，所有这些对他们来说都是新鲜的，一切闻起来都有趣至极。一条小溪在不远的地方流淌着。他们听见淙淙的水声，便上前喝水，毕竟他们都渴坏了。饮毕，罗杰继续蹲伏在岸上，鼻子都快要扎进水里了，目不转睛地盯着什么。

"水里的那个是什么东西？"他轻声地说。

其他猫也过来一瞧究竟。借着星光，他们只

能勉强分辨出有东西在水里移动——摇曳不定的银色亮光一闪而过。罗杰猛地伸出爪子……

　　"我觉得那是晚餐！"他说。

　　吃过晚饭，他们又在一丛灌木底下蜷起身子，互相依偎着进入了梦乡。不过，他们都警戒着，首先是特尔玛，其次是罗杰，再是詹姆斯，接着是小哈丽雅特，他们挨个儿抬起头，睁开一只眼睛，仔细地聆听片刻。他们知道自己已经来到一个比街巷好得多的地方，可他们也明白，每个地方都充满了危险，无论你是一条鱼，还是一只猫咪，抑或是一只长着翅膀的猫。

3

"这事儿绝对不公平。"鸫鸟大声地喊道。

"毫无公正可言。"小雀鸟也附和道。

"忍无可忍了！"蓝松鸦嘶吼着说。

"我真想不明白，"一只老鼠说，"你们一直都是长着翅膀的，现在他们也有翅膀了，这有什么不公平的？"

小溪里的鱼儿一声不吭。鱼儿从不开口。很少有人知道他们是如何看待所谓的不公，或是对其他事情有怎样的想法。

"今天早上我正衔着一根小树枝回巢，这时候，一只猫从我住的那棵橡树顶上飞了下来。一只猫飞了下来，还在半空中对着我咧嘴笑！"鸫鸟说。别的鸣禽也都跟着嚷嚷了起来："真是耸人听闻！前所未有！这是不允许的！"

"你们可以试着钻地道。"老鼠说完，一溜烟儿跑掉了。

鸟儿们不得不学着和这些会飞的花猫相处。其实大部分鸟儿并没有真的遇到什么危险，他们只是既害怕又愤怒，毕竟和罗杰、特尔玛、哈丽雅特还有詹姆斯比起来，他们的飞行本领可要厉害得多。鸟儿从来都不会让自己的翅膀被松枝缠住，也不会心不在焉地撞上树干。而且一旦被猫儿追逐，他们也能通过加速或闪躲来逃脱。可他们还是感到害怕，理由也很充分——事关他们的幼鸟。如今许多鸟都在窠里下了蛋，等到雏鸟们破壳而出，又该如何从一只能够穿过茂密的树叶飞上树梢、盘踞在最细的枝头上的猫儿手中，确保他们的安全呢？

猫头鹰花了一段时间才弄明白这些。猫头鹰并不是那种思维敏捷的家伙，但她考虑得比较长远。时值暮春，某天夜里，她正温情脉脉地注视着自己的两只小猫头鹰，却瞥见詹姆斯从旁边掠过，追逐着几只蝙蝠。于是她慢吞吞地想道："这样下去可不行……"

　　接着，猫头鹰轻轻地展开了她那对巨大的灰色翅膀，悄悄地飞在詹姆斯的身后，她的两只利爪也张开了。

　　这些翱翔天际的花猫把窝安在了一棵大榆树半截处的树洞里，在一个狐狸和郊狼无法够

到的位置，而且小得连浣熊也钻不进去。特尔玛和哈丽雅特正在梳洗彼此的颈脖，细说白日里的冒险，这时候却听见一声可怜的惨叫从树底下传来。

"詹姆斯！"哈丽雅特喊道。

詹姆斯蹲在灌木丛下，身上伤痕累累、血流不止，其中一只翅膀也拖在了地上。

"是猫头鹰干的，"当兄弟姐妹搀扶他顺着树干艰难地爬回树洞里的窝时，他如是说，"我勉强逃过一劫。她捉住了我，但我挠了她一下，于是她就暂且撒了手。"

话音刚落，罗杰也费力地爬进窝里，乌黑的眼珠子瞪得圆圆的，眼神中满是恐惧。"她正在追我！"他叫喊着，"那只猫头鹰！"

他们一块儿清洗了詹姆斯的伤口，直到他昏昏入睡。

"这下咱们算是知道那些小鸟的感受了。"特尔玛冷冷地说。

"可詹姆斯该怎么办呢？"哈丽雅特小声地

说，"他还飞得起来吗？"

"他最好别这么干。"一个洪亮而又柔和的声音从他们的门外传来。猫头鹰就端坐在那里。

花猫们面面相觑。直到破晓，他们都没有说出一句话来。

就在太阳升起的时候，特尔玛小心翼翼地朝外面瞥了一眼。猫头鹰已经离开了。"今晚之前都不会再来了。"特尔玛说。

从那时候起，他们只好在白天捕猎，然后一整晚都躲在他们的窝里。毕竟猫头鹰虽然脑子有些迟钝，但也算是深谋远虑。

詹姆斯病了好几天，根本没法参加狩猎。等到痊愈的时候，他已经非常瘦弱了，而且受伤后没过多久，左边的翅膀就变得僵硬又无力，因此他不能长时间地飞行。他从来都没有抱怨过。他在小溪边一坐就是好几个钟头，敛起翅膀捕鱼。鱼儿也没有抱怨什么。他们从来都不会抱怨。

某个初夏的夜晚，花猫们都蜷卧在聊以为家的树洞里，精疲力竭、垂头丧气。浣熊一家正在隔壁的树上大声地争吵。特尔玛一整天都没找到啥吃的，除了一只鼩鼱[1]，而那玩意儿害得她消化不良。那天下午，一头郊狼在罗杰快要抓住一只林鼠的时候把他赶跑了。詹姆斯的捕鱼行动也是竹篮打水——一场空。猫头鹰悄无声息地从他

---

1 一种体形极小的哺乳动物，以蚯蚓和昆虫为食，长得像老鼠，但两者不属于同一科。

们身边不停地飞过，一言不发。

两只年轻的公浣熊在一旁的树上打斗，还指着鼻子大声地咒骂。其他的浣熊也都掺和了进来，尖叫着，抓挠着，还骂骂咧咧地说着脏话。

"听起来就像过去的那条街巷。"詹姆斯评论说。

"你们还记得那些鞋子吗？"哈丽雅特心不在焉地问道。她看上去胖乎乎的，或许是因为她

的个头实在太小。她的姐姐还有哥哥们都已经变得瘦削了，还有点儿邋遢。

"记得，"詹姆斯说，"它们中有些还曾追赶过我。"

"你们还记得那些手吗？"罗杰问。

"记得，"特尔玛说，"当我还是只小猫咪时，它们中的一些曾把我抱起来过。"

"它们——那些手做了什么？"哈丽雅特又问道。

"它们捏我，捏得有点儿疼。而那个长着手的家伙还大声喊道：'翅膀！翅膀！它长着翅膀！'它用它那愚蠢可笑的嗓音一直这么喊着，还不停地捏我。"

"你又干了什么？"

"我咬了它，"特尔玛谦虚而又不失骄傲地回答说，"我咬了它一口，于是它放开了我，我就钻到垃圾桶底下，跑回了母亲的身边。那时候我还不知道怎么飞呢。"

"我今天瞧见了一个。"哈丽雅特说道。

"什么？一双手？还是一双鞋子？"特尔玛说。

"一条人？"詹姆斯说。

"一个人？"罗杰开口了。

"没错，"哈丽雅特说，"它也瞧见我了。"

"它有没有追着你不放？"

"它踢你了吗？"

"它是不是拿东西丢你了？"

"没有。它只是站在原地看着我飞行。它的眼睛也瞪得圆圆的，就像咱们的眼睛一样。"

"母亲总是说，"特尔玛若有所思地谈道，"如果你能找对一双手，就再也不需要去捕

34

猎了。她还说，假如你找到的是一双错误的手，
那将会比遇到狗狗还要糟糕。"

"我觉得这一次找对了。"哈丽雅特说。

"何以见得？"罗杰问道，听上去像是他们
妈妈的口吻。

"因为它跑开了，回来的时候手里拿着一
个盛了晚饭的盘子，"哈丽雅特说，"然后它把
晚饭搁在了农场边缘的那个大树桩上，你们知道
的，就是那天咱们吓着奶牛的那个农场。接着它

走开了好远的一段距离，然后坐了下来，只是盯着我看。于是我就飞过去把饭都吃光了。那可真是一顿有趣的晚餐。就像咱们过去在巷子里吃到的那种，只不过更加新鲜。还有，"哈丽雅特的语气好像他们的妈妈一般，"我明天打算回到那个地方，瞧瞧那个树桩上放了啥。"

"你要小心一些，花猫哈丽雅特！"特尔玛说，那口气听起来更是像极了他们的母亲。

4

第二天，哈丽雅特前往奶牛场边缘的大树桩的时候，飞得很低，而且小心翼翼地。她发现等待自己的，是一个装着碎肉和猫粮颗粒的馅饼盘。同时等候着她的，还有来自丘陵农场的那个女孩，她动也不动地坐在离树桩大约二十英尺的地方。

她的名字叫作苏珊·布朗，今年八岁了。她看着哈丽雅特从树林里飞了出来，在树桩上空盘旋，就像一只胖乎乎的蜂鸟，然后落在树桩上，灵活利索地收拢了翅膀，开始大快朵颐。苏珊屏住了呼吸。她的眼睛瞪得圆圆的。

又过了一天，当哈丽雅特和罗杰小心地从树林里飞出来并绕着树桩盘旋的时候，苏珊就坐在大约十五英尺开外，身旁坐着她十二岁的

哥哥汉克。他原本一点儿也不相信她所说的关于飞猫的事情。此时他的眼睛也瞪得滚圆，气都不敢喘。

哈丽雅特和罗杰坐下来吃起了东西。

"你没说过有两只飞猫呀！"汉克悄悄地对他的妹妹说。

"你没说过有两个人呀！"罗杰悄悄地对他的妹妹说。

"我原本也不知道啊！"两个妹妹不约而同地小声回答道，"昨天的确只有一只的。可他们看起来蛮不错的——难道不是吗？"

翌日，汉克和苏珊在树桩上放了两份盛在馅饼盘里的猫粮，接着退到了十步开外的地方，坐在草地上等待着。

哈丽雅特大胆地飞出了林子，径直落在了树桩上。罗杰紧随其后。就在这时——"哦，瞧！"苏珊耳语道——特尔玛也来了，慢吞吞地飞着，脸上还挂着一副不以为然的表情。而最后——"啊，看，快看！"苏珊小声地说——是

詹姆斯。他飞得不高，翅膀软弱无力，费劲地朝着树桩扑腾，最后落在了上面，也开始享用起了美餐。他不停地吃啊，吃啊，吃啊。他甚至冲着特尔玛吼了一次，因为她走到了另一只盘子的跟前。

两个孩子就这么注视着四只长着翅膀的猫。

哈丽雅特吃得很饱，她擦拭干净了脸蛋儿，便看着这两个孩子。

特尔玛咽下了最后一粒美味的猫粮，舔了舔她的左前爪，然后也凝视着孩子们。忽然，她从

树桩上飞了起来，径直冲向他们。当她掠过他们头顶的时候，他们也低下了脑袋。她绕着他俩的脑袋飞了一圈，随后又回到了树桩。

"这是考验。"她对哈丽雅特、詹姆斯还有罗杰说道。

"假如她再这么做的话，不可以去捉她，"汉克告诉苏珊，"那样做会吓跑她的。"

"你觉得我是笨蛋吗？"苏珊有点儿不满地说。

他俩一动不动地坐在那儿。猫咪们也一动不动地坐着。奶牛就在不远的地方吃草。阳光明媚地照耀着。

"猫咪，"苏珊用尖尖的、温柔的嗓音说道，"小猫咪，咪咪咪咪，小猫咪，长着翅膀的小猫咪，会飞的小猫咪！"

哈丽雅特从树桩跳向半空，做了一个侧空翻，又不停地翻滚着飞向苏珊。她落在苏珊的肩膀上，一屁股坐了下来，紧紧地抓住苏珊，在她耳边发出轻柔的咕噜声。

"我绝对绝对绝对绝对不会捉住你，或是把你关进笼子，又或是对你做出任何你不希望我做的事情，"苏珊对哈丽雅特说，"我保证。汉克，你也来保证。"

"咕噜噜。"哈丽雅特说。

"我保证。而且我们也绝对不会告诉其他任何人，"汉克说道，语气相当激烈，"绝对！因为——你知道人们是怎样的。倘若世人瞧见了他们——"

"我保证！"苏珊说，她和汉克握了握手，以此为誓。

罗杰风度翩翩地飞了过来，落在汉克的肩头。

"咕噜噜。"罗杰说。

"他们可以住在旧谷仓里，"苏珊说，"除了咱俩，没有人会到那里去。那儿的阁楼上搭着鸽舍，墙上还有鸽子飞进飞出的洞眼。"

"咱们还可以带些干草料过去，给他们铺一个睡觉的地方。"汉克说。

"咕噜噜。"罗杰说。

汉克很轻很轻地举起手来，温柔地抚摩着罗杰翅膀中间的地方。

"喔。"詹姆斯瞧在眼里，不由得叫道。他跳下树桩，快步地走向那两个孩子。他挨着苏珊

的鞋子坐了下来。苏珊轻轻地向下伸出手，很温柔很温柔地挠着詹姆斯的下巴还有耳朵后面。

"咕噜噜。"詹姆斯说，还淌了几滴口水在苏珊的鞋子上。

"啊，好吧！"吃完了最后一丁点儿冷炙牛肉的特尔玛说。她倏地在空中现身，无比庄重地飞向他们，在汉克的大腿上面落座，收起翅膀，然后说道："咕噜噜，咕噜噜，咕噜噜……"

"哦，汉克，"苏珊悄悄地说，"他们的翅膀是毛茸茸的。"

"哦，詹姆斯，"哈丽雅特悄悄地说，"他们的手是温柔的。"

飞猫归来

1

　　一个雨天的清晨，汉克和苏珊走过丘陵农场的山坡，来到了那座旧谷仓。谷仓阁楼的墙上有几个高高的洞眼，过去鸽子们就从那里飞进飞出。苏珊抬头望着那些鸽子洞，喊道："咪咪咪，长翅膀的小猫咪！飞猫们！吃早饭啦！"

　　鸽子洞里冒出了什么东西——不是尖尖的鸟嘴，而是一个肉桂色的鼻子，一对圆溜溜的黄色眼珠，两只白色的前爪——紧接着嗖的一声！一只猫飞了出来，一只长着翅膀的猫，一只翅膀上也长着斑纹的花猫。

　　第一个出来的是特尔玛，她总是起得很早。紧随其后的是罗杰，接着是小哈丽雅特（她在另一个鸽子洞里），最后是詹姆斯。詹姆斯比他的兄弟姐妹都飞得慢一些，毕竟他左边的翅膀曾被

一只愤怒的猫头鹰弄伤过。不过他还是经常同他
们一道飞行嬉戏，绕着谷仓在空中翻跟头，疯狂
地追逐橡树林里的啄木鸟。突然，四只猫全都一
头扎了下来，降落的时候一边打着旋儿，一边对
着早餐发出饥肠辘辘而又快乐的叫声。

　　汉克喜欢把猫粮抛到空中，看着罗杰把它们
接住，而罗杰也喜欢玩这个接食物的把戏。苏珊

却喜欢在詹姆斯进食的时候把猫粮放在手心，任他的胡须痒痒地蹭着自己的手指，听他发出响亮的咕噜咕噜的声音。特尔玛和哈丽雅特倒是很认真地对待她们的早餐，不愿意拿它当作游戏。

于是，在那个下着雨的早晨，孩子们和猫咪都待在旧谷仓里。这时候，汉克对他的妹妹说："你知道吗，我觉得妈妈昨天瞧见罗杰了。当时罗杰正在山顶上，从屋子那儿能看得见。"

"我想她很久以前就见过他们了。她不会告诉任何人的！"苏珊一边说着，一边挠着特尔玛的下巴。

从他们发现这些会飞的花猫的那一刻起，孩子们便知道，他们必须保守这个秘密。他俩担心别人想要把这些猫咪装进笼子里送去马戏团，或是带到宠物展上和实验室里，把他们当作摇钱树。

"妈妈当然不会说出去！"汉克说，"不过我很高兴没有人会到这个旧谷仓来。"

"我觉得他们懂得藏起来，"苏珊说着，

挠了挠哈丽雅特胖胖的小肚皮，"毕竟咱俩发现他们的时候，他们就躲在树林里。他们是野生的。"

苏珊和她的哥哥不知道的是，这些长着翅膀的猫并非出生在丘陵农场附近的树林里。他们是从很远的地方来到那边的。他们出生在城市里，在一条巷子里的某个垃圾桶下面，那是一个比任何林子都要狂野的地方。

等到孩子们离开去乘坐校车的时候，特尔玛说："我很想知道咱们的妈妈现在过得怎么样！我每天都很挂念她。"

"我依然想念着她！"罗杰说。

"我也是！"詹姆斯说。

"我们回去瞧瞧她吧！"哈丽雅特说。

"啊，不行，"罗杰一本正经地说道，"'城里人太多了——那样做很危险。'妈妈嘱咐我们用翅膀离开那里，我们也办到了。咱们应该待在安全的地方。"

"妈妈会很高兴的。"哈丽雅特争辩道。而

詹姆斯也说："咱们只需要飞过去看望一下。"

特尔玛摇摇头。她同意罗杰的看法。另外那两位继续讨论这个话题的时候，她说："詹姆斯，对你来说这可能是一段艰苦的飞行。"

"可我的翅膀几乎完全恢复了。"詹姆斯回答道，同时优雅地挥动着两只翅膀以示证明，"况且咱们之前一路飞到这儿的时候，还只是小猫咪呢。我想再去瞧一眼那条老巷子！"

"还记得垃圾堆里臭气熏天的沙丁鱼罐头

吗？"哈丽雅特说。

"还记得你是怎么飞起来吓跑那条大狗的吗？"詹姆斯说。

就这样，詹姆斯和哈丽雅特下定决心要去城市里探望他们的母亲——简·花猫太太。特尔玛和罗杰选择留在家里，同他们的朋友苏珊和汉克在一起。"想想看，"罗杰说，"假如他们明天过来的时候发现咱们全都离开了，那两个孩子得多难过呀！"

第二天早上，孩子们来到旧谷仓，发现其中两只会飞的花猫不见了的时候，的确有点儿担心。他们一遍又一遍地呼唤着。罗杰和特尔玛叽里咕噜叫唤的次数比平常多了一倍，可仍旧说不清他们的弟弟妹妹到底去了哪里。旧谷仓里的每一位都因此忧心忡忡，对哈丽雅特和詹姆斯牵肠挂肚，心里却琢磨着：这一刻他们身在何处？他们又能否平安归来？

2

哈丽雅特和詹姆斯在宜人的细雨中飞行。等到白天来临，他俩便很庆幸这场雨和乌云能为他们的飞行提供掩蔽。就像詹姆斯所说："下雨的时候没有人会朝天上看！"

低头望去，哈丽雅特看见了身下的山丘、田野和道路，但她并没有瞧见城市的踪迹。

"詹姆斯，我觉得咱们应该偏向左边飞一点儿。"她透过雨线呼喊道。

"为什么？"詹姆斯飞近了一些问道。

"是直觉告诉我的，"哈丽雅特说，"我们必须信任自己的归巢本能。它会带着我们回到出生的地方！"

詹姆斯很是敬佩。他跟上自己的妹妹。可是，等到他们终于在一棵大树的枝丫上落脚歇息时，他说："哈丽雅特，咱们已经飞了好几个钟头了。现在咱们不是应该已经瞧见城市了吗？"

"说不定它挪地方了。"哈丽雅特说。

"当然我飞得也挺慢的。"詹姆斯沮丧地说。

"你飞得和我一样快，"他的妹妹说道，同样有点儿沮丧，"没准儿我的直觉也已经荒废了。你的直觉又是怎么告诉你的？"

"它啥也没说，"詹姆斯回答道，"不过我的鼻子——我的鼻子说有什么东西正发出难闻

的气味——就在那个方向！"

哈丽雅特吸了吸她那肉桂色的鼻子，仔细地嗅了嗅。她的嘴巴半张着，想要捕捉只有猫咪才能闻到的气味。一缕微风拂过。"啊哈！"她说，"垃圾！原来如此！"

于是他们继续飞行，觉得累了就在树梢或是屋顶上小憩，然后在深夜时分醒来，又接着向前飞去。他们瞧得足够清楚，因为前方大都市的灯火让整个乌云笼罩的天空都泛着暗黄色的光。当清晨再度降临的时候，他们身下就只剩被雨淋湿

的屋顶，以及充塞着闪闪发亮的车顶和雨伞的宽阔街道，它们绵延了好几英里。

詹姆斯一声不吭，可他左边的翅膀疼痛不已。他真希望他们没有来这儿。

哈丽雅特也一言不发，但她的两只翅膀都很酸痛，而她也希望他们没有来这儿。

他们嗅了嗅空气的味道，不知是归巢的本能指引着他们，还是他们的鼻子辨认出了熟悉的气味，他们就这样慢吞吞地飞过高高的写字楼和公寓，来到了整座城市最老旧、最贫穷的区域里那条最逼仄、最肮脏的小巷。抵达之后，他们降落在了屋顶的一角，收起翅膀，向下望去。

"詹姆斯，这不可能是咱们的那条巷子，"哈丽雅特轻声说道，"垃圾桶去哪儿了？"

他俩都想起了那个垃圾桶，他们就是在那东西底下出生的，当他们还是小猫咪的时候，他们也在里面玩耍嬉戏，把那里当成自己的家。而此时，它已经不见了踪影。

"我不晓得。一切看起来都怪怪的，"詹姆

斯小声地回答说，"但我确定就是这儿了。你不觉得吗？"

哈丽雅特点了点头。"可是假如垃圾桶不见了，"她非常小声地说，"那妈妈又会在哪儿？"

漫长的沉默之后，詹姆斯只是说："我们最好找些东西吃，这样咱们才能清楚地思考。"

他们落脚的旧公寓，窗户全都坏掉了，空荡荡的房间里到处都是窜来窜去的老鼠。早饭有着落了。

吃过早餐，花猫们又坐到了屋顶上，一边沐浴着雨后微弱的阳光，一边梳洗脸蛋儿，就像母亲曾经教过的那样。他们打了个小盹儿，相互依偎着蜷作一团。

奇怪的噪声把他们吵醒了——轰鸣声、打磨声、撞击声、锤打声、吵吵嚷嚷的人声、金属与石块相互碰撞发出的尖叫声。他们从屋顶的边缘向外张望，瞧见了一幅骇人的场景。巷子另一头的一幢旧楼房，正被一个挂在吊车上来回摇摆的巨大金属球连续地锤打撞击，一直被撞到墙壁出现缺口，楼层开始坍塌，整座房屋顷刻间分崩瓦解，变成了一堆瓦砾和尘土。

詹姆斯吓坏了，一动也不敢动，用爪子捂住了自己的双眼。而恐惧却让哈丽雅特跳到了半空，在巷子里来来回回地飞着，拼命地喊道："妈妈！你在哪儿？妈妈，我们在这里！我们在这里呀！你究竟在哪儿，妈妈？"

3

没有人听见哈丽雅特微弱的声音。没有一个人留意。惊慌失措的大老鼠、小耗子和甲虫，从被摧毁的楼房的地基下面奔逃而出。一对城里的鸽子经过这儿，想要瞧瞧那团尘土到底是怎么回事儿。"又一座贫民窟正被拆除。"其中一只鸽子说道。而另一只鸽子也说："这是进步的体现。"说完他们就飞走了。巷子里的工人和机器挪到了下一幢建筑旁，开始为它的破拆做好准备。没有人看见哈丽雅特在房顶上飞快地跳跃，最后，她又哭泣着回到了詹姆斯的身边。

"詹姆斯，帮我一起呼唤妈妈吧！"她说。

他们并肩站在屋顶的边缘，用尽力气呼喊道："妈妈！"

随后他们侧耳倾听。

机械停止了轰鸣。荒无人烟的屋舍也是一片死寂。工人们闲坐在他们的机器上或是废墟里，享用着各自餐盒里的午饭。没有汽车驶过遍地碎石瓦砾的街道。四周是城市无尽的山呼海啸，而这里竟是如此宁静。在这份阒寂之中，詹姆斯和哈丽雅特却听见了一个细若游丝的声音。

"咪！"这个声音发出了哀号，"咪！咪——！"

詹姆斯的眼睛瞪得又圆又亮。

哈丽雅特也飞快地甩动着尾巴。

他们都朝着巷子对面望去，望着一栋旧仓库屋顶上那扇黑黢黢的天窗。

"那不是妈妈的声音。"哈丽雅特小声地说。

他们目不转睛地盯着。有什么东西正在黑黢黢的窗户里头移动——是个黑色的家伙。

"也许是一个椋鸟的巢窠，"詹姆斯说，"椋鸟总是发出奇怪的声音。我过去瞧瞧。"于是他就像燕子一样，在屋顶之间飞快地掠过。

哈丽雅特看见他在天窗顶上落了脚，收拢了

他的翼翅。随后，他慢慢地伸出脚爪，一步接着一步，就像平常捕猎时那样利落流畅。他来到了那扇坏掉的窗户跟前，朝里面望去。

一眨眼的工夫，他就回到了她的身边。"那是一只小猫咪！"他说道，"一只黑色的小猫——独自一个。她瞧见我，便嘶嘶地吼了一声，然后就躲起来了。"

"可是她的妈妈一定就在附近的某个地方！"哈丽雅特说。

"我不知道。我看不到里面的情况。但我并没有闻到别的猫的气味。"

"一只小猫又是如何跑到那上面的呢？"

"一定是她的妈妈叼着她上楼的。"

"但是那些机器正在摧毁所有的房子！"哈丽雅特大声地喊道。其实机器不过是做了工人吩咐它们做的事情，可她并不理解，也不在乎。

"它们也会拆了那座房子的！连同屋子里的小猫！詹姆斯，咱们得做点儿什么！"说完，她张开了自己那对遍布条纹的翅膀。

"别让它们看见你！"詹姆斯说。

"我不会的。"她就像他之前那样径直飞到了对面的屋顶，动作十分迅捷，因此就算有人抬头张望，也来不及瞥见她。她降落在天窗前面的屋顶，向天窗里头张望。过了一会儿，詹姆斯也同她会合了。

仓库的阁楼早已废弃了，几乎空无一物。那里没有地板，只剩下一根根房梁，中间覆盖着一层绝缘纸。几个老旧的木箱和纸板箱堆放在角落里。空气中弥漫着灰尘和许久以前留下的老鼠粪便的气味——还夹杂着一只小猫身上的那种弱小、暖和又乳臭未干的气息。

"别害怕，"哈丽雅特温柔地呼唤道，"我们是来帮助你的！"

鸦雀无声。

"你快出来吧，好吗？"詹姆斯高喊着。

依旧缄默。

詹姆斯和哈丽雅特从坏掉的窗户前离开，走到了天窗的拐角。他们分别躺在天窗的两边，肚皮朝下，前爪合拢在胸前，就像图书馆门口的狮子一样。他们的眼睛半睁半闭，静静地等待着。猫儿是很有耐心的，即便内心既担忧又害怕，他们依然会安静地等待，看看到底会发生什么。

过了很久，什么事情都没有发生。底下巷子里的工人和机器也结束了白天的作业，不再扬起瓦砾和灰尘。工人们纷纷离去。机器停在了原地，甚至比猫儿还要安静，可也愚蠢得多。

正当灯火在这城市里的无数街道上亮起之际，天窗那儿有了动静。一个小小的脸蛋儿正向外张望。那只幼小的猫咪小心翼翼地走了出来，轻轻一跳，跃过了窗框上面的碎玻璃。她径直走向屋顶边缘积着一洼雨水的檐沟。她蹲伏在那里，饥渴地啜饮着，舌头不停地舔啊舔啊。她还很小，也很瘦弱，毛发参差不齐，通体乌黑，从鼻子到尾巴尖儿都是黑色的，连同她那对小小的、覆满灰尘的、收拢起来的翅膀也是黑的。

哈丽雅特和詹姆斯坐在天窗的两侧，悄无声息地注视着她。

小猫转身想要溜回阁楼，也就是她的藏身之所——于是就看见了他们。

她害怕得跳了起来。紧接着，她的背高高地拱起——她那短短的黑色尾巴也膨胀了起

来——她张开了小小的翅膀，不停地拍打——那双黄色的眼睛如同车头灯一般怒视着——还露出了又小又白的乳牙，她无所畏惧地冲着他们喊道："讨厌！讨厌！讨厌！"

哈丽雅特和詹姆斯一动不动地坐在那里。詹姆斯面带微笑。哈丽雅特也温柔地呼噜着。

小猫来来回回地打量着他们，然后振翅一跃，退回了她的阁楼。他们听见她在房梁之间费力地攀爬，想要躲进某个纸板箱里。

哈丽雅特走下了屋顶，詹姆斯紧随其后。他俩在那扇坏掉的窗户前面会合，一块儿坐了下来。詹姆斯梳洗了哈丽雅特右边的耳朵，而哈丽雅特也把脑袋靠在了他的肩膀上。

"飞了这么远的路，你那可怜的翅膀感觉酸疼吗？"她问。

"不算厉害。我希望咱们能快点儿找到妈妈。"詹姆斯说。他俩都讲得很大声，足以让阁楼里的小猫听见他们的谈话。

"他们拿走垃圾桶的时候，妈妈肯定已经找

到新的住所了。"

"可她不会走远，我很确信。"

"如果她还在这里生了一只小猫的话！"

"除非迫不得已，不然妈妈决不会撇下一只小猫不顾的。"

"我们还小的时候，每次她都会回到我们的身边。"

"当然如此。有一次我迷了路，还记得吗？

我那时飞得还不是很好，追着一只麻雀到处跑，她发现我的时候，我正躲在一部坏掉的汽车的后座上呢——"

"然后她就叼着你的后颈，把你衔回了家！是的，我想起来了！好一顿训斥呢！完了以后，她还把你从头到脚洗了足足两遍。"

"她也安慰我了……还记得妈妈每次是怎么哄咱们睡觉的吗？"

"记得。就像这样。"哈丽雅特马上就呼噜呼噜地哼起了一首摇篮曲，詹姆斯也参与进来，歌声时高时低，时高时低……直到一副小小的黑色面孔出现在破败的窗口，神色凶悍，却又流露着惊恐，牢牢地注视着他们。

哈丽雅特和詹姆斯似乎并没有察觉。他们再次打开了话匣子。

"哈丽雅特，我相信妈妈一定平安无恙。她一辈子都住在这条巷子里，知道该怎么照顾好自己。"

"我明白。在那些糟糕的时日，家庭成员们

确实会各奔东西，但他们还会重逢的。"

"当然了，妈妈可不会飞。所以咱们去找她要更容易些——毕竟咱们长着翅膀。"

"可怜的妈妈！"哈丽雅特伤心地说。

在她身后，一个微弱的声音哀号了起来。"咪——！"小猫哭喊道。

"呼噜噜！"哈丽雅特发出了温柔的喉音，这是过去她的母亲回到垃圾桶时发出的声音。她站了起来，无声无息地转向窗边，接着开始梳洗小猫的耳朵。小猫一动不动，只是瑟瑟地发抖。

"稍微吃点儿东西怎么样？"詹姆斯高高兴兴地说道，说完就飞走了。

几分钟后他就回来了，带着从仓库的空房间里抓来的猎物。哈丽雅特本打算吃上一两口，却没能如愿以偿。饥肠辘辘的小猫低吼着猛扑了过去，把晚餐拖进了阁楼，在里面吃了个精光。

后来，小猫在大纸板箱里蜷起身子，倚靠在詹姆斯那毛茸茸的温暖的肚皮上睡着了。趁她睡得香甜，哈丽雅特外出猎取自己的晚餐。不过她几乎把一半都带回来了，给小猫当作明天的早饭。

那天晚上，还有接下来的白天与夜晚，他们都和小猫待在一起。他们同她一道蜷伏在她的纸板箱里，彼此交谈，相互亲昵，梳洗毛发，又一块儿入睡。小猫可着实需要好好清洗一番。哈丽雅特悄悄地告诉詹姆斯："詹姆斯，这个可怜的小东西身上有跳蚤！"（跳蚤们对于这些清洁工作可有点儿不高兴。有好几只跳蚤都离开去找更闲适的住所了。）吃完几顿像样的餐食，经过好几遍梳洗，也得到了不少安慰，小猫看起来不再那么瘦弱和邋遢了。可是每当木板吱嘎作响，她还是会吓得蜷缩起来，发出嘶嘶的声音。而且她还是没有开口说话。她没法儿告诉詹姆斯和哈丽雅特自己是如何迷路的，或者她的母亲可能去了哪里。她能说的，只有悲伤时的那一声轻唤"咪！"以及反抗时嘶嘶地叫着"讨厌！"

傍晚与清晨，詹姆斯和哈丽雅特轮流飞到

外面，搜查整片区域，寻找简·花猫太太的踪迹或是关于她的传言。但是巷子周围已经找不到一只猫了，也没有狗，连个人影都没有，除了白日里的那些工人。只剩下那些不知道该去哪儿的耗子、田鼠、甲虫和跳蚤，还有那些机器。到了白天，吊车挂着它的破拆锤，越来越接近这座仓库了。

由于心中挂念着小猫，也为寻找母亲的事情发愁，詹姆斯和哈丽雅特都忘记留心那台吊车了。他们没有时刻注意它的动向。当吊车开到他们所在的那栋房子跟前并停下来的时候，他们全都在纸板箱里打盹儿呢，而那个巨大的金属球来回摆动了几下，就在他们面前的墙上撞出了一个大窟窿。慌乱之下，詹姆斯冲向了天窗，大声喊道："飞啊，哈丽雅特！快飞！"

小猫畏缩着嘶嘶叫唤，又害怕得在纸箱的角落里吐了几口食物。哈丽雅特并没有和她多费口舌。她准确又轻柔地张嘴咬住了小猫的后颈，把她叼了起来，然后穿过一根根房梁，跑到了窗

口。她飞出窗外，而小猫就悬挂在她的两爪之间。这时候破拆锤刚好再一次砸中了房子，整栋楼房摇摇欲坠，楼板也纷纷掉落。

詹姆斯就在她的头顶盘旋着，大声喊道："哈丽雅特，这边！"

她不假思索地跟着他穿过漫天的尘土。

身下的巷子里，吊车驾驶员抬头看着这团尘土，眨了好几下眼睛。"鸟啊，"他说道，"它们一定是鸟。"

再后来，当他从自己的午餐盒里拿出一块火腿三明治大快朵颐的时候，他向同坐在那堆砖头上的朋友发问："你见过有胡须的鸟吗？还长着前爪？"

"没有，"另一个人回答说，"我可真没有见过。想来一根腌黄瓜吗？"

4

　　起初，小猫顺从地纹丝不动，任凭哈丽雅特抓着。可她已经不是婴儿了，所以没过多久就开始扭动挣扎，极力想要脱身。哈丽雅特的体形也不大，并不习惯带着一只半大的幼猫飞行。小猫挣扎的时候，她在空中也止不住地晃动，所以她只好费劲地拍打翅膀，努力维持着前进的方向。这时候，小猫拧着身子转了一圈，从她爪间挣脱了出来——就在一条车水马龙的大街的上空！她就这么掉下去了——哈丽雅特拼命地想要追上她——詹姆斯不顾一切地飞到她的身下，试图阻止她继续坠落——坠落，坠落，直到那对小小的黑色翅膀蓦地舒展开来，接着便扇动了起来，于是小猫就蹿上了天空，飞过了汽车的车顶，也飞过了电话缆线，又越过了那些房顶，一飞冲天。

尽管十分庆幸，可詹姆斯和哈丽雅特的心里还是波澜未定，他们紧跟着飞在她的身后。"等一下！"他们喊道，"小猫咪！等等！"

小猫很快就有点儿力不从心、上气不接下气了，她开始摇摇晃晃，飞得也低了些。詹姆斯见状就飞到了她的身下，让她落在自己的背上，刚好在那对翅膀中间。随后他一路滑翔，径直来到最近的一处平坦的房顶。他们仨一块儿蹲伏在那里，气喘吁吁，精疲力竭。

一只在上方的烟囱顶做巢的棕鸟低头看着他们。"嘿！"她愤愤地说，"滚出去！我们不想在屋顶上再看到你们这些疯猫了！"

"这些猫？"詹姆斯说，"只要告诉我们其他猫在哪里，我们就离开！"

"就在下一条街上，"棕鸟昂起脑袋回答说，"有花盆的地方。"她发出了一声粗鲁的怪叫。

"谢谢你，"哈丽雅特大度地说道，"来

吧，小猫。我们这就找妈妈去。"

　　棕鸟提到的那个地方是一条安静的街道，不过并不像旧巷子那样荒无人烟。猫咪们飞过的时候，一条小小的卷毛狗在紧闭的窗户后面伤心地叫了几声。人行道上空无一人。

　　"妈妈！"詹姆斯喊道。

　　"妈妈！"哈丽雅特也喊道。

　　而小猫勇敢地飞在他俩中间，尖声尖气地叫着："咪——！"

　　这时候，一个声音从他们的头顶上传来，一个温柔、清晰而又烙印在心底的声音回答说：

"孩子们？"

他们抬头一看，便向她飞了过去。

在整条街最高的那幢公寓楼的平顶上，矗立着一个小小的阁楼间，就像农家的屋舍，四周环绕着花草——全都种在花盆或是瓦罐里，却和花园别无二致。他们的母亲——简·花猫太太就坐在那里，在一大堆盆盆罐罐还有洒水壶和水管中间，满心喜悦地咕噜着。

"我亲爱的哈丽雅特！我的宝贝詹姆斯！还有我那走丢了的小可怜！"简·花猫太太从来都没有哭过，可是当她亲吻他们每一个的时候，她喉咙里的声音已经颤抖不已。她马上动手梳洗小猫的脖子和耳朵，一边梳洗，一边问道："亲爱的宝贝们，你们过得还好吗？你们看上去棒极了，出落得都很漂亮。特尔玛还好吗？还有罗杰呢？"

"我们都很好，妈妈——"

"我们住在乡下的一间谷仓的阁楼上——"

"没有谁会去那里，我的意思是，没有人类——"

"除了两个非常友善的小家伙，他们为我们提供食物，也会爱抚我们——"

"可是，妈妈你呢？你是怎么离开那条巷子的？"

"这只小猫又是怎么走丢的？"

直到他们的母亲开口，哈丽雅特和詹姆斯都没来得及把问题问完。她一边回答，一边围着黑色的小猫蜷起身体。小家伙精疲力竭，已经昏昏入睡了。

"呃，亲爱的，那是我生命中最糟糕的一

天。从那天起，直到刚才，我一直伤心欲绝，想着我的最后一只小猫咪不见了！她是我身边仅有的孩子，出生之后没多久那条街就开始拆除了。她的爸爸是汤姆·琼斯先生。我相信你们还记得他。"

哈丽雅特和詹姆斯点了点头。

"她长得像他，"他们母亲的话语里满是自豪，"他为着生计的缘故去了另一片城区。没等他回来，一件糟糕的事情就发生了。我毕生的居所，那个垃圾桶，被人拿走了。而当我露宿在那些垃圾箱后面的时候，人们瞧见了那只小猫——撞见她尝试用自己的翅膀——就像你们几个曾经做过的那样——爬到垃圾箱顶上再飞下来。那几个人兴奋不已，大喊大叫，吵吵嚷嚷得让人害怕。他们跑过来想要逮住她——我便冲上前去保护。我们就这样分开了！可怜的孩子，恐惧激发了她的力量，她一下子飞上天空，又飞进了某个屋顶上的一扇坏掉的窗户里。我没有办法跟上她。那些人也没法儿走进那幢房子，它被锁起来

了。他们气坏了，于是又怒气冲冲地追逐着我。我拔腿就跑，惊恐之下就迷路了。"

"噢，妈妈！"哈丽雅特轻声地说。而詹姆斯一直听着，身体不住地颤抖。

"我游荡了好几个钟头，呼叫着我的小猫咪。其间还被狗撵过。最后，我已经累得半死了，突然有一双手把我抱了起来。我刚弄明白这是怎么回事儿，就已经被人带到了房子里，爬了许多楼梯，最后来到了这个地方。从那以后，我就一直待在这里了！那位慈祥的老太太成了我真正的朋友，就是她用双手把我从地上抱了起来。她喂我吃东西，也经常抚摸我，而她的大腿是我趴着最舒服的地方。我已经老了，街头生活对我来说再也没有乐趣可言，要不是想着我那走丢了的小可怜，我在这里生活得应该很愉快。通往楼梯间的门上了锁，我也没有办法下楼去找她。可如今你们，我最最亲爱的孩子们，你们救了她的性命，还把她带回到了我的身边！"

小黑猫正睡得香甜。花猫太太领着哈丽雅特

和詹姆斯来到一个大大的餐盘跟前，里面盛着足够多的猫粮，旁边还有一碗清水。等到他们吃饱喝足，她又继续开口说道：

"你们觉得这只小猫有能力和你们一块儿飞回乡下的家里吗？"

"我觉得可以，"詹姆斯说，"如果有些时候让她骑在我背上的话。"

"也可以来我的背上，"哈丽雅特说，"可是妈妈，我们不想再从您的身边把她带走了——"

"噢，亲爱的，她必须走，"花猫太太说，"既然我知道她现在平安无事了，而且是和那些会好好照顾她的人在一起，那么我唯一盼望的，就是她的安全。对于长着翅膀的猫来说，这座城市已经没有一块安全的地方了。我的孩子，你们很清楚这一点。"

哈丽雅特和詹姆斯难过地点了点头。

"带上她一起走吧，这样我就心满意足了，"花猫太太说，"我就躺在这座屋顶的花园里，沐浴着阳光，梦想着她与你们一道展翅翱翔，自由无拘。那将是我的幸福所在。"

说完，猫咪们最后一次蜷卧在一起，幼小的猫咪、年轻的猫咪，还有他们的母亲。他们咕噜咕噜地互道晚安，还哼唱着那首摇篮曲，歌声时高时低，时高时低。

5

回程的第一个夜晚是最艰难的。小黑猫初生牛犊不怕虎，竭尽所能地飞行，可是她的翅膀有点儿短，而且仓库阁楼上那段无以果腹的时日也让她变得虚弱了。很快，她就只好骑在詹姆斯的背上，接着又换到哈丽雅特的背上。后来，他们全都累坏了，不得不找了一处屋顶休息。然后，他们再次启程，但没过多久又只好落下来歇歇脚。城市似乎没有尽头，长夜也仿佛永无止境。

在内心深处，詹姆斯害怕他们找不到回丘陵农场的路了。而哈丽雅特的心里也担忧着同样的事情。他们谁都没有承认。他们兴高采烈地向前飞着，期待他们的归巢本能不要失灵。

"詹姆斯！"哈丽雅特喊道，爪子指向了下方，"还记得那片屋顶吗？"

　　那是一座教堂的房顶，哈丽雅特和她的哥哥姐姐飞离城市的时候，曾坐在这个尖塔的顶端，那会儿她还只是小猫咪呢。

　　"没错！我记得！咱们的方向是正确的！"詹姆斯大叫了起来。他激动得绕着教堂的尖顶飞了整整一圈。小黑猫吓了一跳，她那针尖一样细小的爪子尖戳进了他的背脊，紧紧地抠着不放。

　　"没事儿，小猫咪！"詹姆斯说，"现在可要抓紧了。我们要回家了！"

特尔玛坐在丘陵那边的旧谷仓那高高的屋脊上。太阳已经落山了。西边的天空金灿灿的，笼罩着整片山峦。特尔玛却朝着东面张望。

罗杰就坐在谷仓后面山上的那棵大橡树最高的枝头。谁瞧见了都会觉得他是一只猫头鹰，正一动不动地等待着黑暗降临。他也一直瞅着东边。

而在山顶上，汉克和苏珊并肩坐在一起，一句话都没讲。他俩已经在树林里待了一个钟头了，呼唤着哈丽雅特和詹姆斯的名字。

突然，特尔玛从谷仓的屋顶上飞了起来，罗杰也离开了橡树，他们同时喊着："他们在那里！他们回来了！"

于是，又累又饿的旅行者缓缓地飞出了渐暗的夜幕，准备接受哥哥姐姐充满喜悦的欢迎。汉克和苏珊一边从山上跑了下来，一边喊着："哈丽雅特！詹姆斯！你们上哪儿去了？啊，詹姆斯！噢，哈丽雅特！"

　　紧接着，谷仓院子里的所有视线都转向了那只小小的黑猫。

　　"妈妈让她来和我们一起生活。"詹姆斯说。哈丽雅特也说道："她是咱们的小妹妹！"

　　小猫环顾了周围的一切。当她看着汉克和苏珊的时候，她的背拱了起来，黑色的毛发也竖了起来，同时张开了那对漂亮又小巧的翅膀，仿佛要飞走似的。随后她坐了下来，挠了挠其中一只耳朵。接着向侧面翻了个身，在地上扭来扭去，眼睛斜睨着苏珊。"咪？"她说道。

　　大家都哈哈大笑。

　　"她需要牛奶！"汉克喊道，说完一跃而起，像离弦的箭一样跑开了。过了五分钟，他拿

着一罐新鲜的牛奶回到这里，小猫正在空中翻着
跟头，满院子追逐飞蛾。苏珊坐在那里，疲惫不
堪的詹姆斯和哈丽雅特就躺在她的大腿上。苏珊
告诉他们，他们是多么高尚的猫咪，而大伙儿又
是多么想念他俩。

　　"过来，小小小飞猫！"汉克一边呼唤
着，一边往奶罐的盖子里斟满了乳白色的牛奶。
"不行，罗杰，等小猫先喝点儿牛奶再说。我很
好奇，她叫什么名字？"

　　"咪？"小猫叫了一声，朝着牛奶猛扑
过去。

　　"咪咪？"汉克说。

"我觉得不是，"苏珊凝视着小猫说道，"我觉得……我觉得她的名字可能是简。"

小猫立刻停了下来，不再舔舐牛奶，抬头望着。"咪！"她的声音响亮又快活。然后她又舔起了牛奶，溅起的奶滴沾满了她小小的黑色脸孔。

"好吧，"汉克说，"我猜她就叫简！"

"她当然是啦，"特尔玛说，"简，现在快喝你的牛奶，然后洗澡睡觉。对小猫咪来说，这可真是漫长的一天！"

了不起的亚历山大
与飞猫

1

　　菲比一家过着养尊处优的生活。他们在乡下有一幢漂亮的房子，里面有壁炉和铺着羽绒垫子的床，门上还留着猫洞。照看房子的人每天都会喂他们两顿美味的餐食，还会在她烧饭的时候丢给他们一些零碎的食物。到了周末，房子的主人会开着一辆小小的红色汽车来到这里，然后待上一两个夜晚，逗弄猫咪，拿沙丁鱼款待他们，还给他们老鼠布偶来玩耍嬉戏。

　　菲比先生相当肥胖，而且总是在睡觉。菲比太太的妈妈是一只波斯猫，因此她长了一身长长的特别漂亮的金色毛发，就像丝绸一样柔亮。菲比家的孩子们全都体态丰腴、性格活泼——尤其是亚历山大。

　　亚历山大是小猫中年纪最大的，个头最魁

梧，身体最强壮，也是嗓门最亮的。他的小妹妹们都很烦他。他总是对她们颐指气使，每当他们玩追尾巴的游戏时，他都会把她们撞翻在地，然后坐在她们的身上。不过菲比先生、菲比太太还有看门人和主人在一旁瞧着，却哈哈大笑着说："亚历山大真是一个不折不扣的男孩子！没有什么能吓着他！"有一次，一只又老又瘦小的贵宾犬登门做客，亚历山大径直走到他的跟前，挠了挠他的鼻子。大伙儿哄笑了起来，赞美之词更甚于往日。"他甚至不怕狗！亚历山大真是了不起！"

亚历山大相信他们说得没错。他也乐于把自己当成了不起的亚历山大。而他也打算做些了不起的事情。

于是，冬日里的某一天，当菲比一家的其他成员都睡在羽绒床的暖垫上时，亚历山大独自走出了猫洞，出发去探索这个世界。

他曾相信这个世界的终点就在花园的篱笆那儿。他惊讶地发现，篱笆的另一侧竟然别有洞天。篱笆的那一边是一片牧场，牧场上生活着几个非常大的黑白相间的陌生家伙，他们对他发出了"哞！"的叫声。

"这话说得可真蠢，"亚历山大说，"你们应该说喵，而不是哞！"

陌生的大家伙们只是看了他一眼，叹了口气，然后继续咀嚼牧草。

亚历山大高高地竖起尾巴，一溜烟儿地从他们身旁跑过。他很清楚，世界的尽头并不是这座牧场，因为他在远处瞧见了高高的树林。他向着树林跑去。钻过了另一条篱笆之后，他发现自己来到了一块狭窄又漆黑的平地，在他目力所及的范围里，大地一直向着左右两边延伸。树林就在平地的另一边，于是他勇敢地向前迈开了步子。

他听到了一种奇怪的咕噜声，声音似乎来自远方。他在想那会不会是狮子发出的声音。他的父亲曾经和他讲过狮子的事情。那声音从咕

噜咕噜变成了低沉的咆哮。那一定是狮子，亚历山大心想，可他不会害怕——直到他扭头向左一看，发现一辆巨大的卡车正朝他冲来，车灯宛如一双死盯着他的可怕的眼睛。他惊慌失措地蹲了下来。卡车呼啸而过，一股气浪掀得他翻了好几个跟头，满地都是巨型车轮搅起的碎石沙砾，扎得他很疼。他踉踉跄跄地爬了起来，伤痕累累，眼睛也有点儿瞧不清了，只看见又一辆超大型货车朝他冲来。他落荒而逃，掉进了公路边缘的沟渠，然后费劲地爬到了公路的另外一边，接着又用最快的速度冲进了黑黢黢的树林。

等到他上气不接下气地停下脚步时，他已经来到了树林的深处。他坐下来舔舐自己受伤的肩膀，还清理了被油污和尘土弄脏的金色毛发。他

的四周都是矗立的树木，鸟儿就在高处的树枝上叽叽喳喳。

"我真的发现了整个世界！"亚历山大心想。他无所畏惧地继续前行，直到一个新的声音让他停下脚步，侧耳聆听。

是谁在嚎叫……

"我才不怕狗呢！"亚历山大想道，"我会挠破他们的鼻子！"

他继续向前走——直到两头高大的猎犬从灌木丛里冲了出来，他们的眼睛炯炯发亮，獠牙雪白锋利。

等反应过来的时候，亚历山大正低头看着那些雪白锋利的牙齿，而猎犬那炯炯发亮的眼睛也向上注视着他——那是很高很高的地方，就在一棵松树的顶上。

"愚蠢的猫咪。"其中一头猎犬对另外一头说。"走吧，咱们抓兔子去！"他们离开的时候咧嘴笑着。

夜幕降临。此刻，在寒冷而又凝滞的空气

中，很少有鸟儿飞过。在鸟儿都不能飞抵的高处，亚历山大那锋利的小爪子，紧紧地贴在树上。他的毛全都立了起来，眼睛也睁得圆圆的，竖起耳朵仔细地听着。已经听不到狗的动静了，就连其他的声音也没有了。

"我想现在就爬下来，然后回家。"亚历山大自言自语道。说完他便朝底下望去。

一直往下，往下。

他几乎看不见地面了。

他又环顾四周。除了一个个树梢啥也没有——而且所有的树梢都在他的下方。他爬到了森林里最高的那棵树的顶上。而假如他松手——即使只动一下爪子——他都会掉下去。

他紧紧地抓着树干。

"会有谁过来救我的。"他想。

一阵寒风吹过，松树摇晃了起来。

"别这样！"亚历山大对松树说。

寒风吹乱了他的毛发，他不由得瑟瑟发抖。他努力让自己不再颤抖，因为他觉得这样哆嗦下去就会从树上摔落下来。

"看门人会来找我的！"他想。可是他明白，自己已经离家很远了。

"爸爸会知道我在哪里的！"他想。可是他很清楚，当他离开屋子的时候，爸爸正在呼呼大睡呢。

"妈妈一定能找到我的！"他又想，于是继续坚持着。

然而他的妈妈并没有来，只有夜晚如约降临。

四周变得漆黑一片。天上飘下了几片干燥的雪花。亚历山大冷得都感觉不到自己的爪子了。他还在紧紧地抓着树干吗？他是如此疲惫，又是那样饥肠辘辘！晚餐时间已经过去很久了。说不定大伙儿都出门接他回家了，在花园里不停地徘徊，大声喊着："喵！喵！喵！亚历山——大！"

"喵！"他用最大的嗓门喊道，"喵！喵！我在这儿！是我，亚历山大！我在树顶上呢！"

森林里阒无声息。没有谁回应他。只有一个巨大又安静的身影，从黑暗中现身，悄悄地张开了翅膀。猫头鹰听见了他的呼喊，她绕着他飞行，一句话也没讲。

亚历山大看见了她的尖喙，还有那可怕的爪子。他明白挠她鼻子是徒劳无益的。但他竭尽所能地让毛发全都竖了起来，还冲着她嘶嘶地吼叫。"快走开！"他凶狠地说，"快滚！"猫头

105

鹰发出了一声低沉的怪笑，然后就飞走了。

　　就在亚历山大身下不远的地方，有一截小小的树枝。亚历山大又冷又怕，浑身颤抖，可还是小心翼翼地一点儿一点儿松开了他的爪子，慢慢地挪了下去，直到他能坐在树枝和树干相接的那个位置。他在那里蜷成了一团，

紧紧地倚靠着树干。他不敢再开口呼救了。那
本是一个漆黑的夜晚，可是积雪的层云散了开
来，半轮弦月便一直闪耀在夜空。亚历山大就
在那里等了整整一夜。

2

天刚蒙蒙亮的时候，鸟儿就开始柔声地攀谈起来。他们在林间自由地飞翔，但始终和亚历山大保持着距离。亚历山大孤零零的，而且快要冻僵了，他望着鸟儿们，暗自心想："要是我能飞就好了！"

每当他试图低头再看一眼地面，都会觉得头晕目眩，连爪子也抠进了树枝里。他没法儿让自己往下爬，他害怕极了。

"喵，"太阳升起的时候，他用一种尖细而又发颤的声音说，"是我。请帮帮我吧！"

他朝着那一片树梢望去，很想知道究竟谁能在树林深处发现自己，而且还是在这么高的树上。他不清楚自己的家在哪里。正当他在树林的上方四处寻找自己家房子的屋顶时，他看到有一

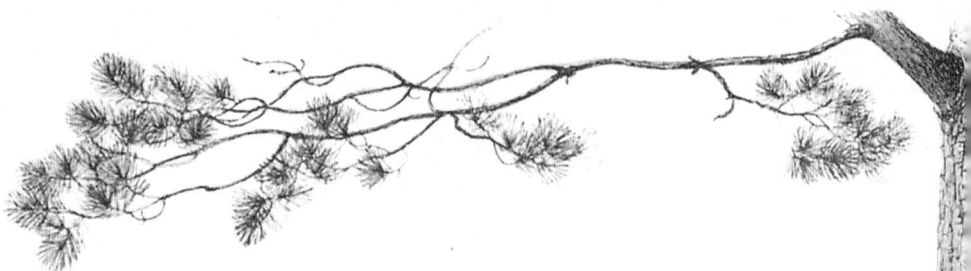

只鸟径直朝他飞来，距离越来越近了。

他明白猫并不应该害怕一只鸟。可是昨天夜里他已经见过猫头鹰了。

亚历山大尽可能地缩成一团，什么也没有说。

然而那只鸟径直朝他飞来，一直盯着他看，金色的眼眸瞪得圆圆的，仿佛是猫头鹰的眼睛。亚历山大闭上了自己的双眼，想要努力假装成一颗松果。

树枝微微地抖动了一下。

亚历山大睁开了一只眼睛。

树枝的另外一头坐着一只奇怪的黑色鸟儿。一只长着胡须的奇怪的黑色鸟儿，还有四只脚爪和一条长长的尾巴。一只会咕噜咕噜叫的鸟儿。

“你是一只猫鹊[1]吗？”亚历山大小声地说。

那只奇怪的鸟儿看着他，脸上露出了微笑。

“你是谁？”亚历山大问。

“咪！”怪鸟回答说。

“我的名字叫亚历山大·菲比，”亚历山大说，“我是昨天爬到这棵树上的。我昨晚在这里过了夜。我不太确定怎样才能下去。”

怪鸟伸出一只爪子，向下指了指地面。

“我知道。”亚历山大说。过了一会儿，他又说道：“可是我害怕。”

怪鸟踩着树枝走了过来，在他身旁坐下，然

---

1 原文为“catbird”，通常指的是一种生活在北美洲的野生鸟类，因会发出类似猫叫的声音而得名。

后开始梳洗他的耳朵。那种感觉既温暖又惬意，仿佛他正和妹妹们待在家里，互相舔舐，亲昵交谈，还一块儿玩追尾巴的游戏。

"你是猫！"亚历山大说。

"咕噜，咕噜。"素昧平生的猫儿说道。

"但是你长着翅膀！"

"咕噜，咕噜。"她微笑着说。

"你不会说话吗？"

陌生的猫儿微微地摇了摇尾巴，看起来有点儿难过。

"好吧，"亚历山大说，"我也不会飞啊。"

"咕噜，咕噜。"陌生的猫儿说，接着用她粉红色的舌头梳洗了他的另一只耳朵。她看上去比亚历山大稍微年长一些，但她的体形更加瘦小——一只纯黑的小猫咪，长着金色的眼睛和漂亮的、毛茸茸的黑色翅膀。

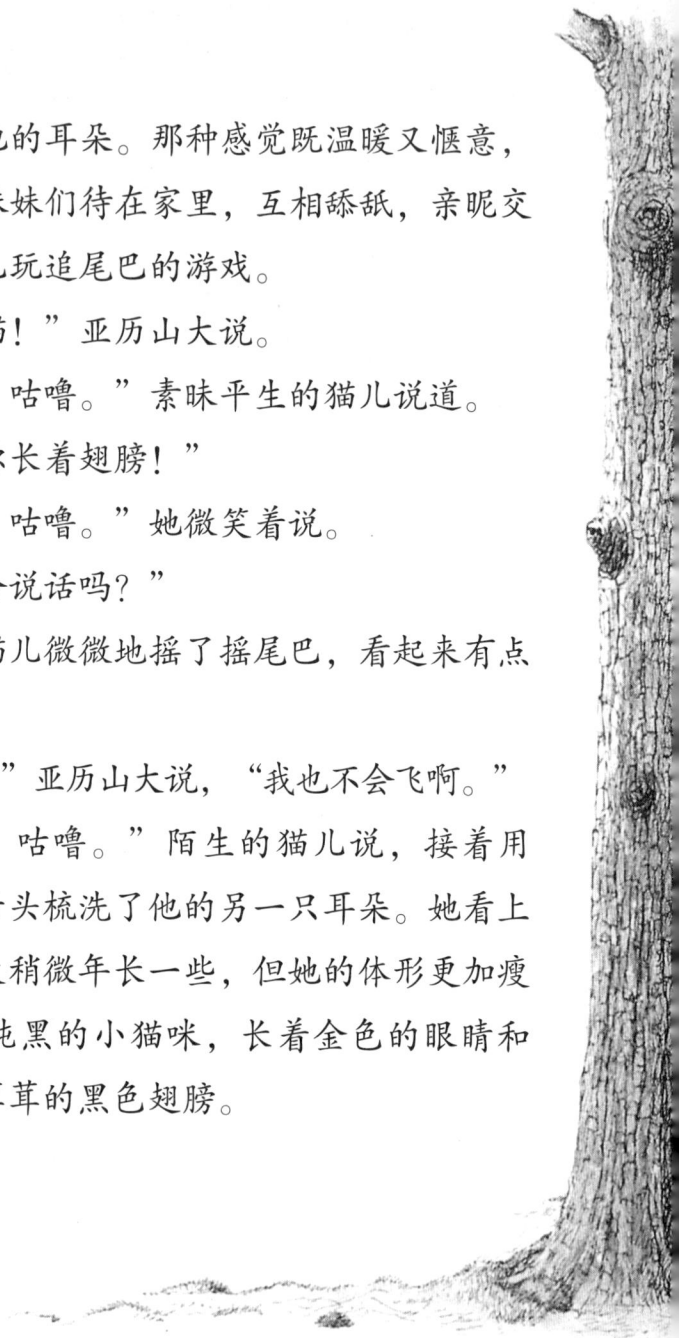

"我希望我也能飞，"亚历山大说，"因为我虽然爬高很厉害，可我并不擅长爬下来。"

小黑猫若有所思。接着她收起了翅膀，小心翼翼地顺着树干匍匐前进，爬到了下面的一根树枝上。她边走边回头看着亚历山大，似乎是在说："看好了，瞧瞧我的爪子踩在哪里。"然后她就在底下的那根树枝上等着。

亚历山大深吸了一口气，照着她刚才的示范，开始向下攀爬。过了一会儿，他就紧挨着小黑猫坐在了下面的那根树枝上，他的心脏怦怦跳个不停。

一次一根树枝，她带着他交替探出爪子，一步一步地沿着树干向下攀爬。她总是在前面领路，而且还会等他。最后一点儿距离，他俩疯狂地冲了下来，头朝下猛地落回了地面！嘭！落在了大树根部的苔藓上。

他俩对自己十分满意，高兴得就在原地玩了一场追尾巴的游戏。不过很快亚历山大就发觉自己实在是饿坏了，也渴极了。他的那位新朋友半飞半跑，他就跟着她穿过了灌木丛，来到一条小溪的岸边。小溪的边缘结了冰，但亚历山大用爪子弄碎了冰面，他俩都喝了好多好多水。

小黑猫坐在那儿端详着他，仿佛是在说："下面该怎么办？"

"我该回家了，"亚历山大说，"我的家人会很难过的。我之前还从来没有一整晚都待在外面。我想他们全都会去找我，喊着我的名字，还会拿出盛满牛奶的碟子。我的妹妹们会哭哭啼啼的。她们离开了我就不知道该做什么了。"

小黑猫竖起了脑袋，看上去有好多问题要问。

"我只是不清楚自己的房子究竟在哪儿，"亚历山大说，"我在探险的时候转过一个圈儿。两台巨大的卡车曾向我撞来，几条大狗也追逐过我。还好我都逃脱了！”

他四下张望，除了树木别无所见。林子背后还是树林，而且树林里还开始下起了雪。

“我迷路了。”他终于用很小的声音说道。

“咪！”小黑猫欢快地说，然后猛地扑向了他的尾巴。接着她收拢了翅膀，高高地竖起尾巴，冒着雪飞快地穿过树林。亚历山大紧紧地跟随着她。

3

又到了傍晚时分，两只脚酸腿疼、饥肠辘辘的小猫才终于看到一座大大的旧谷仓。迎面的墙上高高地嵌着几个洞眼，那是过去留给鸽子飞进飞出的。当亚历山大看见另一只长着翅膀的猫从其中一个鸽洞里飞出来的时候，他眨了一下眼睛——接着又是一只——然后还有两只。最小的那只一边朝他们俯冲过来，一边呼唤着其他的飞猫："快看！是简！她正在走路呢！还有一只陌生的猫咪！"

于是四只飞猫全都绕着可怜的亚历山大的头顶飞来飞去，直到他用爪子抱住脑袋，身子紧紧地贴在地上。

等到他终于抬头张望的时候，他看见小黑猫正在谷仓上空快乐地翻着跟头。随后她便一个猛子扎向了装着猫粮的碗。

而他的身旁坐着一只年轻又漂亮的花猫，长了一对有斑纹的翅膀。"我叫罗杰，"猫儿说道，"我们是飞猫。别害怕！"

"我不害怕，"亚历山大毫不示弱地说，"我是亚历山大·菲比。"

"很高兴认识你，亚历山大。你愿意过来和我们一块儿吃晚饭吗？"罗杰说。

亚历山大没等他问第二遍。

吃过晚饭，他肚子有点儿撑，也困得不行，唯一能做的就是跟在小黑猫后面摇摇摆摆地走进谷仓。地上铺着一堆香喷喷的干草，两只小猫在草堆里一块儿蜷起身子，互道了一声晚安，很快就进入了甜美的梦乡。

第二天，亚历山大知道了所有飞猫的名字：漂亮的罗杰，体贴的特尔玛，和善的詹姆斯——他的一只翅膀有点儿无力，还有小个儿的哈丽雅特，以及他自己的那位特别的朋友，那只小黑猫，也是飞猫之中最年幼的妹妹——简。

　　简没法儿告诉他自己的名字，这让亚历山大有点儿难过。等到她外出飞去别的什么地方，他便向特尔玛打听起她的事情。

　　"好吧，亚历山大，"特尔玛说，"据我们所知，我们是全世界仅有的长着翅膀的猫咪。我们四个年长些的出生在城市里，就在一个垃圾桶下面。我们亲爱的妈妈就像你一样，并没有翅膀。可是她很聪明，一等到我们能够熟练地飞行，她就吩咐我们远走高飞。她很清楚，一旦我们被抓到，城里的人就会拿我们四处作秀，还会把我们关在笼子里，这样我们就永远不会有任何自由可言了。幸运的是，我们来到了这个地方，我们的朋友汉克和苏珊在这里照顾我们。他们时刻留意，不让任何人知道我们的事情。"

"他俩就是你们的看护人。"亚历山大说。

"没错，"特尔玛说，"对了，詹姆斯和哈丽雅特曾经回到城里去看望我们亲爱的妈妈。他们发现我们的街道变成了一片废墟，然而某间阁楼里却藏了一只年幼的长着翅膀的黑猫。"

"那就是简！"亚历山大说。

特尔玛点点头："我们的小妹妹，简。那时候她独自一个，而她藏身的那幢房子即将被拆毁。他们把她救了出来。等到他们找到了我们的妈妈，带着简一块儿去探望之后，他俩就和简一起回到了我们居住的农场。不过除了'咪'，简几乎没有说过一个字，而当她害怕的时候，她还会说'讨厌！'我们觉得在她小时候和我们的妈妈走散了以后，她的身上发生了某件可怕的事情。"

“就是她躲在阁楼上的那段时间？”亚历山大问道。

“是的，”特尔玛说，“她甚至不愿意上到谷仓的阁楼，也就是我们睡觉的地方。这一定是让她想起了那间阁楼。这就是她为什么会睡在楼下的干草堆里。她现在很好，而且看起来挺开心的。但她还是不会说话。”

“她很勇敢。她救了我的命！”亚历山大说。

“我很高兴她能这么做。”特尔玛说，接着温柔地把他按在了地上，替他从头到脚认真地梳洗了一遍，就好像是他的亲生母亲一样。

“特尔玛，”亚历山大说，“我的妈妈会担心我的。”

“我们已经讨论过这个问题了，”特尔玛说，“苏珊和汉克马上就要到了。等你见了他们再说吧！”

一眨眼的工夫，一个男孩和一个女孩就从山那边走了过来，拿着满满一罐牛奶，和装满了猫

粮的口袋。飞猫们全都朝着他俩飞扑过去，落在他们的肩膀上、脑袋上、手上甚至鼻子上，还对他们咕噜咕噜地叫唤。苏珊和汉克也冲着飞猫们哈哈大笑，抚摸他们，还把猫粮扔到半空让他们接住。不过随后他们就瞧见了亚历山大。

"瞧！"他们说。

亚历山大羞怯万分地朝他俩走了过去，尾巴不停地摇着。那是一条金黄色的如羽毛般蓬松的尾巴，和他妈妈的尾巴一样。

"噢！"苏珊说，"可怜的小猫咪！他没有长翅膀！"

　　她的哥哥汉克大笑了起来："小珊，大部分猫咪都没有翅膀。"

　　苏珊已经抱起了亚历山大，不停地抚摸着他。亚历山大也不停地、咕噜咕噜地撒着娇。

　　"听着，小珊，"汉克说，"你知道妈妈一直念叨着想要养一只猫。可她又不能养任何一只飞猫，因为说不定会被客人们看到。如果这是一只走丢了的猫咪……"

就这样，亚历山大被苏珊扛在肩头，翻过了山丘，来到了孩子们居住的农舍。

孩子们的母亲在那里迎接了他。"啊，"她说，"多么漂亮的尾巴！真是一只讨人喜欢的猫咪！"说完她还挠了挠他的下巴。

"真是一个聪明的女人。"亚历山大心想。

"不过，你们觉得他是从哪儿来的呀？"孩

子们的母亲问道。没有人晓得。而亚历山大也没法儿告诉他们，毕竟猫咪和人类说的不是同一种语言。

他在农舍里安顿了下来，也受到了很好的款

待，尽管那里没有沙丁鱼，也没有羽绒床垫。到了晚上，他可以和苏珊或是汉克一块儿睡觉。不过大家希望他白天的时候能待在屋子外头，而且等他长大了最好能抓老鼠。

每天，他都会跑到山的那一头，去旧谷仓和简还有其他飞猫一起嬉戏玩耍。他感到十分快乐。然而他还是会想起他的爸爸妈妈，还有妹妹们。所以，有一天，当一辆红色的汽车驶进了农舍院子的时候，他一下子变得非常兴奋，一边摇着蓬松的尾巴一边冲了过去。

从那辆红色的小汽车里走出来的，正是亚历山大家的主人。

"是你吗，亚历山大？"他说道。

亚历山大咕噜了一声，脑袋不停地蹭着主人的腿。紧接着他手舞足蹈地跑向了前门，想让主人见见汉克和苏珊，还有他们的爸爸妈妈。

主人走进了屋子，同孩子们的父亲母亲聊了一会儿。孩子们的母亲很是客气，可当她说话的时候，声音还是有一点儿颤抖："我很喜欢他，但他是你家的猫咪。"

"他的妹妹们现在有一个很棒的新家了，"主人说，"而我只能偶尔回到自己乡下的房子。当然，菲比先生和菲比太太会一直住在那儿的。不过如果你能养着亚历山大的话，我会感激不尽的。"

"噢，我非常愿意养他！"孩子们的母亲高兴地大声说道。

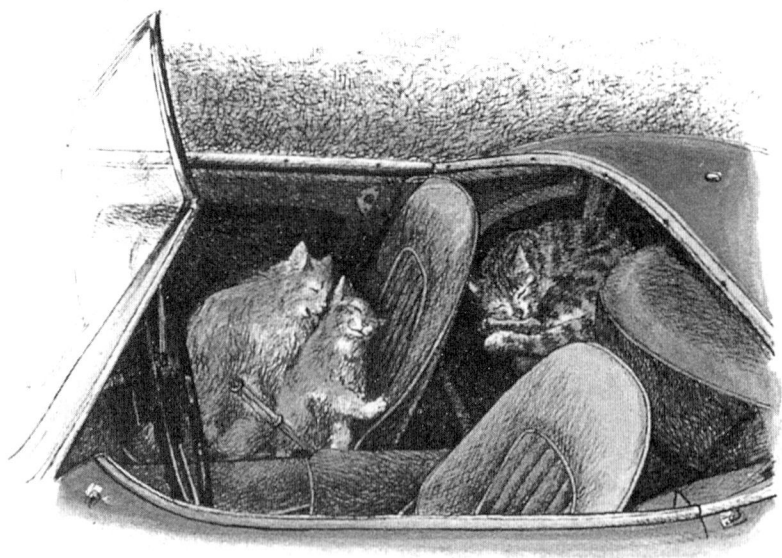

亚历山大看着他俩，发出了非常响亮的咕噜声，逗得他们全都大笑了起来。

有时候，主人会开着他的那辆红色汽车，载着菲比先生和菲比太太一块儿过来。这样一来，亚历山大就能再次见到他的爸爸妈妈了。

菲比先生总是在后座上面呼呼大睡，不过菲比太太每次都会仔仔细细地梳洗一遍亚历山大的脸蛋儿，然后告诉他，要成为让她觉得了不起的儿子。

"当然会的。"亚历山大说。

4

丘陵农场的生活是美好的。亚历山大长得很快。他的尾巴真是漂亮极了。而且他曾经差点儿逮住两只老鼠。每天他都和简一块儿在谷仓周围或是树林子里玩耍嬉闹。

詹姆斯教他如何在小溪里捕鱼，而罗杰教会他悄悄地接近猎物。特尔玛和他讲了许多让人汗毛直竖的故事，关于她和其他飞猫出生的那座城市。小哈丽雅特则会在每天夜里和他还有简，一起玩躲起来把对方扑倒的游戏。

可有时候，亚历山大会坐在那里思考，还会把他那条蓬松的尾巴围在脚边。他回想起自己是如何盘算着要做一些了不起的事情，才离家出走的。

他所做的，只是差点儿被卡车碾到，被狗追赶，困在了一棵树上，然后还迷了路。简救了他，然后把他带到了这个安乐窝。这件了不起的事情是简干的。

而他又能为简做什么令人称道的事情呢？

一只普普通通的猫又能为一只长着翅膀的猫做些什么呢？

他把尾巴围在脚边，就这么坐着，看着简在他的头顶飞得越来越高，和几只燕子在春日的阳光里嬉戏。

他走过去吃了一些猫粮——这些天他总是觉得饿——接着快步走向树林边他们最常玩耍的地方，然后呼唤道："简！"

简挥动着漂亮的黑色翅膀俯冲而下，小小的黑色爪子轻轻地落在他的身旁，然后对他微微一笑。

"简。"亚历山大说。

"咕噜。"简说。

"简，你能说出话来的。"

简不再发出咕噜的声音。她飞快地甩了几下尾巴。

"我知道你小时候受到过很大的惊吓，"亚历山大说，"特尔玛和我说过你是如何同妈妈走散的，还有你又是如何独自一个藏在某幢废弃建筑的阁楼上，还找不到食物果腹。后来机器拆毁了那幢楼房。那一定糟糕透了。可是一定还有更糟糕的事情——一件糟糕到令你无法谈论的事情——糟糕得让你难以启齿。但是，简，如果你不开口，我们又怎么知道那到底是怎么一回事儿呢？"

简什么也没有说，也没有看亚历山大。她起身悄悄地接近高高的草丛里的一只蚂蚱。

"你教会我如何从那棵松树上面下来，"亚

历山大说，"我确信你也能够摆脱那件糟糕的事情。可如果我不知道那是什么事情的话，也就帮不上忙了。你得告诉我，简。"

简继续靠近那只蚂蚱。亚历山大用爪子按住了她的尾巴，她只好停了下来。她冲着他低声吼道。

"随便你怎么吼，"他说，"我准备一直踩

在你的尾巴上，直到你和我说话为止！"

简又吼了一声，然后狠狠地咬了亚历山大，着实有点儿疼。

"别这样！"亚历山大说，"不要乱咬！说话啊！告诉我。告诉我那个阁楼里什么东西吓着你了！"

"讨厌！"简说，同时瞪圆了眼睛注视着他，每一根毛都竖了起来，"讨厌！讨厌！"

"讨厌什么？你讨厌的是什么东西？"

简拱起了背脊，她一直盯着亚历山大，眼里充满了愤怒和恐惧，她全身的毛发也都因此高高地竖起。"简！"亚历山大说，"告诉我！"

"老鼠，"简用一种奇怪的嘶嘶作响的声音说道，"是老鼠。那里——有——老鼠。"

她全身都开始颤抖起来，亚历山大蜷起身体环抱着她，想要给她安慰。

"老鼠，比我大很多，"简的声音沙哑而又虚弱，却随着她的叙述变得有力起来，"他们也

是饥肠辘辘。他们把我当成了猎物，一刻不停地
追捕我。他们会等待。他们悄悄地交头接耳。我
没法儿喝到檐沟里的水，他们会等候在那里把我
抓住。我只能稍微飞两下。我躲在椽子之间的缝
隙里。可是他们也爬到了那上面。我找到了一个

地方，一个盒子里的旧鼠窝。他们钻不进去。但他们就在外面等着，还窃窃私语。我不知道该怎么办。我想呼唤我的妈妈，可是回答我的只有老鼠。"说完，简把脸蛋儿埋进了亚历山大温暖的毛茸茸的胸口。

他伸出有点儿粗糙的粉红色舌头，舔舐了她

的后背和颈脖，还有两只耳朵，然后对她咕噜了几声。"没事了。你已经摆脱他们了。你再也无须害怕他们了。你有翅膀，简。你可以飞到任何地方。"

"我爱你，亚历山大。"简说。

"我爱你，简。"亚历山大说。

"我也想说话的！我只是做不到。"

"我们去让大家瞧瞧。"亚历山大说。

他们忙不迭地离开了，亚历山大迈着轻快的脚步，尾巴高高地竖着，而简在他头上不停地翻着筋斗，一路向着旧谷仓飞去。

　　"特尔玛！罗杰！哈丽雅特！詹姆斯！"

　　"嘿，亚历山大，"正在阁楼上睡觉的哥哥姐姐们说，他们从鸽洞里倏地飞了出来，"出什么事儿啦？"

　　"刚才喊你们的不是我！"亚历山大说。

　　"我！"简说，"是我！我能说话了！"

　　他们都围拢在她身边，听她娓娓道来。

　　"我害怕自己只要一开口，就只会说那件糟糕的事情——老鼠，害怕他们会在现实里再次出现。但我明白现在已经没事了，而我也能说话了。因为亚历山大教会了我。"

　　"假如有老鼠来到这里，"小哈丽雅特

说，"他会尝到空袭是什么滋味！"

"咱们得再去探望一下妈妈，"詹姆斯说道，"简，你开口和她讲话的时候，她一定会高兴坏了！"

"亚历山大，"罗杰郑重其事地说，"你真是了不起。"

"没错！"简说，"他的确棒极了！"

"不用你们说我也知道。"亚历山大说。

简的独自冒险

1

那是一个暖融融的下午，丘陵农场的六只猫都躺在谷仓的院子里，打盹的打盹，聊天的聊天，或是对着蝴蝶哈欠连天，或是在太阳底下惬意地打呼噜。

亚历山大，那个住在山上农舍里的家伙，每天都过来看望特尔玛、罗杰、哈丽雅特和詹姆斯，还有他们的小妹妹简，他们全都住在谷仓的阁楼上面。

这时候，简忽然坐了起来。"特尔玛！"她说道，"咱们为什么会有翅膀？"

"简，我们也不晓得，"她的大姐回答说，"咱们的妈妈没长翅膀。亚历山大也没有。绝大多数猫都没有。我们也不明白为什么咱们会有。"

　　"我知道为啥！"简说。

　　"为什么？"特尔玛说。

　　"用来飞行呗！"简大声地说道，然后笔直地蹿上天空，翻了两个筋斗，还绕了一个圈子，又倏地停了下来，正好跌落在亚历山大的身上。

　　亚历山大是一只漂亮又可爱的猫咪，可也懒惰极了。他亲爱的朋友简从空中一头栽了下来，压到他的身上，他只是叹了口气，然后说道："噢，简，别这样！"说完他又继续睡觉去了，只是比之前稍微扁了一点儿。

"既然咱们会飞，"简说，"那为什么每次都得待在同一个地方，而不去别的地方瞧瞧？"

她的哥哥罗杰说："噢，简，你知道原因的。"

她的姐姐哈丽雅特说："因为如果人类看到了长着翅膀的猫，他们会把咱们关进动物园的笼子里。"

她的哥哥詹姆斯说："要不然就是把咱们关在实验室的笼子里。"

"与众不同是件困难的事情，"特尔玛说道，"而且有时候也非常危险。"

"我明白，我明白。"简说。她起身飞走了，还对着谷仓旁边一棵橡树上的啄木鸟做鬼脸。她自言自语地说："可是我喜欢困难的事情，也喜欢危险的事情，而这里的一切都无聊透了！"

她看见汉克和苏珊正拿着一袋新鲜的猫粮从山坡那边走来。她俯视着下面的其他猫喊道：

"汉克和苏珊也是人内[1]，他们可没有把咱们关进笼子里啊！"

"汉克和苏珊的确是人———类，"詹姆斯

---

1 此处原文为"human beans"，系谐音口误。

小心谨慎地说，"但他们是特别的。"

　　简没有在听。她独自一个飞得越来越高，嘴里唱着："咪——咪——咪——咪——咪！"

　　这是她年幼时唱给自己听的一首喃喃絮絮

的歌谣。她的母亲在被人追逐的时候和她走散了。简独自一个躲在一间阁楼上，里头全是饥肠辘辘又怒气冲冲的老鼠。住在这座农场的时候，她不再去回想那段可怕的日子。不过当她不开心的时候，她还是会哼起旧日的歌谣："咪——咪——咪——咪——咪！"

她现在有点儿不开心，因为所有东西都一成不变，大家也都是一副老面孔，而她想要去看看新的地方，认识一些新的朋友。要是她的哥哥姐姐们还有亚历山大都满足于留在此地的话，那就让他们留在这儿吧，她却打算展翅高飞了。

第二天一早，她真就这么干了。她飞过谷仓的屋顶，风儿是如此清新和甜美，于是她明白自己应该动身了。亚历山大正从山坡那头走来。她俯冲而下，吻了吻他粉红色的鼻子。"再会。我要去冒险了！"她喊道。说完她就飞走了，越过了森林和山丘。

"亚历山大会想念我的。"她想。不过她知道，只要有足够的食物，他会振作起来的。"而我也会想念他们每一个。"她想。然而她也清楚自己能够克制这份思念，毕竟冒险就在前面等待着她，一阵阵的风儿吹过，而她正在云中自由地翱翔。

2

简飞过一座座小镇和农场。她在野外寻找食物，睡在林中的树上，因为很快她就发现，农场和集镇并不是友善的地方。如果她飞向那些没有翅膀的猫儿，他们会嘶嘶怒吼，朝她吐口水，还会试图挠她甚至捉住她。他们没有意识到她也是一只猫，因此对她心怀恐惧。假如她飞到人类的面前，起初他们会惊声尖叫，紧接着就会大喊："那是什么东西？那是什么东西？抓住它！快抓住它！"这可把简吓坏了。要是她飞到了狗的眼皮子底下，他们会不停地又叫又跳，直到变成斗鸡眼。那可真有意思。可是不管在哪里，她都交不到朋友。

难道长着翅膀就意味着她只能孤独无依？鸟儿当然也长着翅膀，但是没几只鸟愿意对一

只飞猫客客气气地讲话。而且猫头鹰和隼鸟很是危险。

不过有一天，简和一只乌鸦在同一根树枝上落了脚。他们看起来挺像的，乌鸦也一点儿都不害怕简。他朝她眨了眨眼睛。"嘿，小东西！"他说道，"长着翅膀的猫咪！你应该上电视！"他飞走的时候，还一边叫着："呱！呱！呱！"

简觉得自己知道电视是怎么一回事儿：农舍外面的大圆盘子，还有城里公寓楼顶上的金属杆子。她不明白自己为什么应该跑到那些盘子和杆子上面。但她回想起自己出生的那座城市，她想起了那些让人兴奋的气味和声音。"说不定在城市里我能结识一位朋友！"她想。

抵达城市的时候，她已经疲惫不堪、饥饿难

耐。那是一个炎热的夏日傍晚，连绵的屋顶看起来没有尽头。她从房顶上面掠过，琢磨着上哪儿去寻找水和食物。一间公寓的窗户完全敞开着，仿佛在邀请她似的。"我来了！"简暗自心想。于是她径直飞了进去。

房间里有一个人。他个子很矮，而且胖得很，就像亚历山大一样。起初他大喊大叫了一会儿，不过简已经习以为常了。随后他直勾勾地看着她。他没有尝试去抓她。他只是盯着她看，眼睛瞪得就像鱼眼珠子那么圆。

"咕噜，咕噜，咪——咪——咪——"简一边哼着，一边在屋子里飞来飞去。从那个男人身边飞过的时候，她用光滑的黑色尾巴拂过他的鼻子，还用她那柔软的脚爪轻轻地拍了拍他的脑袋。

"啊，你这漂、漂亮……又神、神奇的……管你是啥！"那个男人说道。等她再次从他身边飞过的时候，他伸出了手，可并没有试图去抓她。

他连忙跑向碗柜和冰箱，倒了满满一碗牛奶，然后把它放在了桌子上。

"咕噜噜！"简叫了一声，一头扎了进去，因为她已经饿得要命了！

男人走过去关上了窗户。简正忙着喝牛奶，之后还洗了个脸，所以没有察觉。她的妈妈，简·花猫太太曾经教导她，吃完饭后一定要洗脸。男人只是坐在那边看着她。他一刻不停地念叨着："你真是太神奇了！你真了不起！噢，宝贝，你愿意到老爹这儿来吗？"简顺着桌子来到了他的面前，叫了一声："咪？"

他轻轻地抚摸着她。一开始她张开四肢想要挣脱。可他有一双温柔的手，而简已经累得不行了，牛奶也喝撑了。她爬到他的大腿上，收起了翅膀，蜷成一团，咕噜咕噜地叫了几声，就进入了梦乡。

"噢，你可真美啊，"男人说，"接下来我都替你安排好了！"

3

第二天，简开始明白他所谓的安排究竟是什么了。

简真希望特尔玛、罗杰、哈丽雅特和詹姆斯能看到老爹对她有多么好。没有笼子！没有动物园！也没有实验室！当然，窗户始终是关上的。不过老爹时常爱抚她，从不吝惜称赞，而且为她提供了最可口的食物。他为她特别定制了一张柔软的床，上面装着丝绸做的帘子；还有一个内衬着紫色天鹅绒的猫咪提篮，里面还摆着布偶做的老鼠。每天都有人过来看她，要不然就是她坐着提篮去和他们见面。所有人都对她赞不绝口。就连亚历山大都不曾得到过如此的宠爱！

他俩独处的时候，老爹总是管她叫宝贝。但是每当有人过来看她，面对那些拎着公文包的

人和那些拿着摄影机的人，他就会说："现在，
我向你们介绍——神秘小姐！"他会打开提篮
上的小门，而简就翘着尾巴从里面走了出来。她
会坐下来，接着环顾四周，也许还会舔一会儿脚
爪。然后接下来——接下来她就会张开她的翅

膀，一下子飞到半空中。所有人都目不转睛地盯着她，嘴巴张得老大，当她在空中翻起筋斗的时候，他们全都喊道："哇呜！"

随后他们开始和老爹交谈，这时简会绕着吊灯盘旋，或是突然落在老爹的肩上，然后坐下来舔舔他的耳朵。她很喜欢他，因为他总是温柔可亲。但她并不是很喜欢那些拎着公文包的人。他们每次都是只看她一眼，就开始用很快的语速相互攀谈，却不再瞧她了。而那些拿着摄影机的人净让她做一些愚蠢的事情。她原本很乐意向他们展示如何在旷野上捕猎，她就像猎鹰一样迅捷。他们却举起裹着纸的圆环，期待她从圆环中间飞过。她本想在城市上空尽情翱翔，寻找种种冒险和奇遇，可他们却要她待在屋子里，表演那些把戏。摄影机的镜头也时时刻刻地注视着她，就像猫头鹰的眼睛一样。

老爹给她看报纸上的一张照片。"宝贝，看见了吗？"他一边抚摸着她，一边说道，"这就是你！这就是我漂亮又神奇的宝贝！"然而那些不会动的照片并没有引起简的兴趣。

只有当老爹向她展示自己的电视机时，她才想起那只乌鸦曾经说过的话——"你应该上电视！"老爹放入了一盘录像带，说："快瞧瞧这个，甜心宝贝！"她看了一眼，只见一只长着翅膀的猫，正在天上飞呢。

"哈丽雅特！"她大声地喊着，"詹姆斯！"

可那是一只黑色的猫咪。

"咪！"简忧伤地说。她坐下来看着自己在空中抓布老鼠，然后再穿过那些圆环。

"宝贝，你将成为自玉米脆片问世以来最大的新闻，"老爹说，还在她的耳朵后面挠起了痒痒，"神秘小姐，长着翅膀的猫！"

"咕噜噜。"简说，可她的心里满是苦恼。

"来吧，宝贝，吃晚饭吧，"老爹说，"为神秘小姐准备的奶油金枪鱼！"

可是简并不饿。除了在摄影师面前飞行以外，她没有任何活动。她也再没有去过户外。无

论她和老爹去哪里，他都会用那个精美的猫咪提篮装着她。她待过的每一个房间，窗户总是关得严严实实的。而她被迫系着的一条紫色丝带，让她感觉喘不过气来。她不想吃东西。

她飞到了窗边，站在窗台上，前爪按着窗户玻璃，看着外面繁忙的城市街道。她听不见外面

的声音；她也闻不到那些气味。她看着老爹，伤心欲绝地喵喵叫唤。

"甜心宝贝，我不能让你到外面去，"他说，"你知道的！外面很危险！"

老爹摸了摸她。他给她拿来猫咪吃的糖果。简差点儿咬了他。

"这儿可比农场还要糟糕！"她想。

4

等到他们每天都要去那个被老爹叫作摄影棚的地方时，事情就变得更糟了。

摄影棚是一间巨大的屋子，四周是黑色的墙壁，没有一扇窗户。房间里到处都是拎着公文包的人和那些拿着摄影机的摄影师，还有像蛇一样的电线，以及刺眼又灼热的灯光。她必须时刻系着那条令人厌恶的紫色丝带。她不得不表演各种把戏，还得飞过那些假窗户。他们一直尝试让她吃一种她根本不喜欢的猫粮。而她做的每一件事情，她都得一遍又一遍地重复。人们一发脾气就大吼大叫，而无论她飞到哪里，摄影机的镜头都会跟着转动，就像猫头鹰一样监视着她。

"你成电视明星了，宝贝！你就是那个神秘小姐！"老爹在她疲惫又焦虑的时候对她说，

"所有人都会爱上你的！所有人都会知道你的大名！"

这让简陷入了思考。

"如果所有人都知道有一只长着翅膀的猫，"她想，"或许他们就会去寻找更多的飞

猫。说不定他们就发现丘陵农场了。他们很有可能逮住罗杰、特尔玛、詹姆斯和哈丽雅特，然后给他们也系上紫色丝带，强迫他们钻圆环！噢，我都干了些什么？"

她当即下了决心，一定要逃出去。她不想让老爹失望，但她觉得他会没事儿的。于是那天晚上，为了积蓄力量，她把丰盛的晚餐吃了个精光。接着她便开始等待。猫儿很善于等待。

自从那天傍晚她飞进了他的生活，老爹就再也没打开过他公寓的窗户，连一条缝都不曾留过。他很清楚，只要一有机会，她就会飞到外面去。可他只想到她的翅膀，却忘了她还有四只爪子。

他就站在门口，和两个拎公文包的人握手告别。那两个人正说着什么"几百万美元"，老爹听得高兴极了。没有人注意到那个悄悄从他们脚边溜过的小小黑影。一步一步地，黑影跟在公文包的后面走下了楼梯。等到他们推开临街的大门，那个小小的黑影猛地冲了出去，飞入夜空，

然后消失得无影无踪。

啊，凉爽又美妙的风摩挲着她的双翼，从街上传来的轰鸣声、碰撞声和吼叫声又是多么悦耳动听，就连城市里那些难闻的气味都是如此妙不可言！"我自由了，咪，咪，我自由了！"简大声地歌唱，高高地飞翔。她飞了整整一个晚上，不停地歌唱。

清晨来临，她降落在一座屋顶上，躲在一根烟囱管底下睡了一整天。她已经吸取了教训，不能在白日里飞行，也不可以再飞进陌生人家的窗户！

傍晚时分，她一觉醒来，却发现有只鸽子正在盯着她。

"咕——咕，你是谁呀？"他问。

"我就是神秘小姐！"简一边大声地说，一边朝着鸽子跳了过去，想要吓唬他。

他并不十分害怕。"你这条领带还不错！"说完他就大摇大摆地走掉了。

简这才意识到，那条紫色的丝绸带子仍旧

系在她的脖子上。她想用爪子把它扯掉，可她之前就已经尝试过了。她使尽浑身解数都没法儿让

它松开。夕阳西沉，她就坐在屋顶上，向自己发问："现在我又该上哪儿去？"

5

她回答自己说："我要去瞧瞧妈妈！"

詹姆斯曾经和她说过猫咪的归巢本能，而她的归巢本能告诉她，那个地方并不在城里的这片区域。在她出生的地方，建筑更加矮小和陈旧，那里的街道上也没有这么多的汽车盖，更多的是人们的脑壳顶子。她纵身跃入空中，挥着翅膀飞走了。

那是一段漫长的路程，不过破晓时分，她发现了一座很大的公园，可以去里面的喷泉喝水。在那之后没过多久，她就抵达了母亲生活的那条街道。她直接飞到了屋顶上，那里有一个花园，种满植物的花盆簇拥着一间小小的屋子。

那是一个暖融融的秋日黎明。房顶上的小屋子门扉紧闭，有一扇窗户却半开着。简钻了进去。

里面黑漆漆的，但她听见了猫儿打呼噜的声音。

她循着呼噜的声音找到了一张床。

有谁正在床上酣睡，而蜷卧在床罩上正发出呼噜声的，是简的母亲。

"妈妈！是我！"

"是谁呀？"花猫太太吓了一跳，大声地问道。

"我！简！"

"噢，我亲爱的小猫咪！"花猫太太说。她马上替简梳洗起耳朵来。她和简欣喜若狂地咕噜了一阵，接着又小声地交谈起来。"亲爱的，你都上哪儿去了？"

"我在农场上待得无聊了，就来到了城里，"简解释说，"不过你说得对，妈妈！人内的确会把长着翅膀的猫抓起来，然后把他们关进笼子里！"

　　"嗯，有些人确实会这么做，可有些人不会，"花猫太太说，"如果你想留下来的话，我想咱们可以信任我的这位朋友。"

　　"她的确让人感到舒服。"累坏了的简说道，紧紧地依偎在床上那位温暖的老妇人身边。

　　"还有一副好心肠。"花猫太太说。

　　于是，当那位名叫萨拉·沃尔夫的老妇人早上醒来的时候，她发现自己的老朋友花猫太太正蜷卧在她两腿的一侧——而另一边则是一只她之前从来没有见过的黑猫，正睡得香甜。

"啊，你好啊，"萨拉·沃尔夫说，"你可真好看！"

简醒了过来，打了一个哈欠，说道："我？"

随后她站起身，一只接着一只地舒展着她的手脚和翅膀。

"天哪！"萨拉·沃尔夫说。

她非常小心地伸出手来，让简闻了闻她的手指。她又万分轻柔地挠了挠简的脸颊，还摸了摸她那丝绸一般的翅膀。

"多漂亮啊！"她说，"我年轻的时候可没有一只猫长出翅膀。至少我不记得有过。但事情是一直在变的。而这似乎也是个非常不错的想法。假如我是鸟的话，可能就不会这么觉得了。而且我估计啊，把你们的事情告诉别人也许并不是明智之举。他们只会说：'哦，萨拉这么一把年纪了，脑袋都变傻了。她现在都看见猫长出翅膀了！'与众不同是件困难的事情，不是吗？"

简·花猫太太坐了起来，伸了个懒腰。

"简太太，"萨拉·沃尔夫说，"这位是你的朋友吗？"

两只猫咪依偎在一起，发出了亲昵的叫声。

"哟，她可能就是你的女儿，"萨拉说，"这么说你就是小简咯？你肚子饿吗，小简？"

两只猫一块儿从床上跳了下来，走到空空的

猫食盆跟前。

　　不过她俩全都焦虑不安地望着萨拉·沃尔夫。她会关上窗户吗?

　　萨拉走到了窗前。

　　"噢,不!"简心想。

　　萨拉让窗户敞开得更大了。"我想,你应该是希望我这么做的吧。"她对简说。

　　简飞到空中,又落在萨拉的肩膀上,亲吻了

她的耳朵。"我爱你！"她说。

　　花猫太太也在萨拉的两腿之间蹭来蹭去，咕噜噜地叫着。"我爱你！"她也说道。

　　萨拉从简的脖子上解开了那条紫色丝带，把它丢进了垃圾桶里。"你当然不需要靠那玩意儿来让自己变得漂亮。"她说。

　　就这样，如今简和她的母亲还有她的好朋友萨拉一块儿生活在城市里，就在那个摆满了花盆和瓦罐的屋顶。她整天都睡在天竺葵的花丛中，要么就是坐着眺望街道和天空。

有时候，她清早起来向着西边望去，能瞧见哥哥和姐姐们飞来看望她们。"亚历山大还好吗？"她问他们。而他们回答说："好得很，而且胖极了。"有时候，简也会同他们一道飞回丘陵农场，然后和亚历山大聊上很长的时间，因为她过去没法儿开口说话，直到他让她明白了自己能够做到，而她也爱着亚历山大。

但她每次都会飞回那座城市，因为那里才是她的归属。"我是一只巷子里的猫！"她说。"我是神秘小姐，是翱翔在都市夜空的黑影！可要当心哦！因为我就是简，而我现在自由了！咪，咪，我是自由的！"

每一个夜晚，她都大声地唱着属于自己的歌，飞过大街和小巷，戏弄猛犬，吓跑老鼠，结交新的朋友，寻找新的冒险。

有时，当简从一扇窗户前面飞过的时候，她会在空中盘旋片刻，并向里头张望。有一个孩子正在屋里睡觉，在他的梦中飞过了一只长着翅膀的猫，那个孩子伸手想要摸她，可是美梦转瞬即逝，而简一边继续翱翔，一边唱着她那无拘无束的飞猫之歌。

振着翼翅的精灵

朱墨

在所有与人类相伴的生灵中，猫儿或许是上帝最特别的造物。

它们与人类亲近，却又保持着进退的余裕。它们接受供养，却本能地抗拒驯化。它们欢喜时，便盘在你的膝头和脚畔，或与你耳鬓厮磨；倘若伸手掬起它们的身子，却很有可能招来不安的挣扎与嗔怪似的轻唤。

不待见猫儿的，总是指责它们的薄情与轻慢。而喜爱它们的，却往往钟情于这般卓然不群的灵性。它们优雅、轻盈，来去悄无声息，又带着孩童一般天真与执拗的脾气。暖融融的午后，一只狸花猫悠悠然地在墙垣上踱步，微风轻拂，带来一声声哨响，它便倏地跃下了墙头，一眨眼就消失得无影无踪。多像是童话里振着翼翅的精灵啊——可假如猫儿真的也有翅膀呢？

美国著名的科幻小说作家厄休拉·勒古恩，就用她恬淡隽永的笔触，向我们娓娓地讲述了长着翅膀的猫儿们的故事。

尽管我最初交过来的中文译名里有"历险"二字，故事却并没有波谲云诡的跌宕。飞猫们的母亲不过是生长在贫苦街区里的普通花猫，作者自始至终也没有交代，为什么这些猫儿会长着翅膀，只是借着花猫太太的口吻，轻描淡写地解释说那是寄托了自己远走高飞的梦想。四个前后相承的小故事，铺叙了一幕幕的别离和重逢，别离是那样的平静，重逢却又是如此的柔缓。长着翅膀的猫儿横空出世，却选择默默无闻地隐居在山间的田舍。无论是漫长的迁徙之路，还是一波三折的寻亲之旅，对于特尔玛、罗杰、詹姆斯和哈丽雅特来说，自由的信念始终为他们指引着前进的方向。而他们的小妹妹简，更是毅然割舍了"老爹"的宠溺，逃离了锦衣玉食的囚笼，在睡梦中的城市上空肆意翱翔、纵情歌唱。

值得一提的是第三个故事的主人公，那是一只有着波斯猫血统，名叫亚历山大的年轻公猫。他是一只没有翅膀的普通猫咪，甚至又胖又懒、自命不凡。但他有少年一般的骄傲和热忱，骄傲驱使他放弃了原本安逸优渥的生活，去探索外面的世界；而热忱敦促他解开了简的心结，让她重新获得了追求自由的力量。亚历山大也因此得到了飞猫们的认可——如果说双翼能够托载着肉身在云端飞翔，那么向往自由、勇敢无畏的精神力量，也足以称得上是一对无形的翅膀。

其实厄休拉·勒古恩本人，在科幻小说领域乃是自成一派、荣誉等身的宗师。相对于"地海传奇"系列、《黑暗的左手》这些鸿篇巨制，《了不起的飞猫》的篇幅和故事体量都是微不足道的。如果说前者寄托了作者对人类命运的悲悯与关切，后者则更像是厄休拉心中的一念柔波，是那些陪伴过她的猫儿依旧回荡在她心底的喜悦的低吟。难怪有读者开玩笑地说，*A Catwings Tale*（原版书名）是一部养猫指南。而书中苏珊和汉克兄妹那既带着孩子气，又让人肃然起敬的话语，恐怕也深得每一位爱猫人士的认同："我绝对绝对绝对绝对不会捉住你，或是把你关进笼子，又或是对你做出任何你不希望我做的事情。"

至于那个住在房顶花园小屋，被花猫太太称为"我的好朋友"的萨拉太太，可能正是作者自己的化身吧。和"老爹"截然相反，她不仅摘掉了简脖子上的丝带，还为这只长着翅膀的猫儿打开了一扇窗户。猫儿都是无拘的精灵，它们不需要笼舍和绳索，也没有哪个角落或是高台能桎梏它们的自由。仿佛造物主原本便打算赋予它们翅膀，却又因为某种缘故遗忘了似的。

　　于是，厄休拉·勒古恩捡起了上帝丢下的画笔，而喜爱猫咪的读者打开了扉页。飞猫们盘旋着缓缓落在了他们的心里，也许他们会轻声地对自己说——猫儿本来就是长着翅膀的。